剝皮

井上荒野

生皮　あるセクシャルハラスメントの光景

黃詩婷—譯

本文將提及部分劇情，請斟酌閱讀

推薦序．幾乎看得見光

小說家．劉芷妤

在目前我所讀過，與現代女性處境相關的所有書籍中，《剝皮》可能是最讓我痛苦的一本。僅僅是讀到接近三分之一時，就感覺自己的心理狀態已經在臨界點，繼續讀下去之後，則是各種創傷記憶的爆發與遭到流沙吞噬般的絕望感，期間偶爾從文句間抬起頭，我的心中爆開來的每一句吶喊全都是「我好想要呼吸」。

幸運的是，當我闔上書頁，這本書也給了我前所未有的療癒與擁抱，作者提供的不是單純的正向雞湯，而是即便在這荒涼世間依然具備說服力的那種，讓懷抱著創傷、還在努力長出新皮的我們，能夠走下去的勇氣。

《剝皮》的書名看來驚悚，但全書幾乎無一字見血，每一句卻都能讓人從骨髓裡發疼。這個有著多重隱喻的書名，結合了性行為之間必然會有的「脫衣」、文學技巧上的「蛻變」等意象，並直指失去皮膚保護的赤裸、羞恥與痛楚。本書在臺灣發行時已屆六十二歲的日本作家井上荒野，在這本書裡所述說的故事，雖然關於性暴力，但卻並非在夜晚巷弄間孤身行走會遇到的那種類型，讓人能不假思索地選擇憤怒、咒罵、訴諸公權力等「正確面對態度」，井上荒野所寫下的性暴力，是揉雜了林奕含筆下那種「文學的巧言令色」，那充滿理想性、綻放耀眼光芒的美好信仰，與性暴力摻混在一起之後，能讓髒的更髒，痛的更痛，噁的更噁，性暴力不只是暴力，還能因為倖存者們曾經仰望過文學，而散發出更令人欲嘔的污濁惡臭，嘔吐物一般黏在加害者與倖存者身上，甚至透過沉默的忍耐與網路上的風涼評論，蔓延到更多人身上。

直到我們每一個人身上全都染上了那種惡臭，直到我們甚至習慣了那種惡臭。

正是那惡臭，讓我在整個閱讀期間都必須極其艱難地呼吸。

「再脫層皮的話一定能寫出更棒的東西。」書中的加害者這麼說，然後將對方壓在床上，在對方甚至來不及思考這一切是怎麼回事的時候，脫下了對方的衣服。他並非為了上床而哄騙對方，他是為了上床，連自己都這麼哄騙了，因此加害者完全認為自己的行為正當，甚至相信自己是為了崇高的目的才這麼做，同時讓每個被他壓在身下的女性都因此錯亂，而能夠連續下手的原因，甚至不是因為他是什麼了不起的知名作家，他只要是一個出版社的編輯，或是一個小說講堂上的講師，就能夠以討論作品為由私下約女人出來，讓對方相信寫小說時的狀態與戀愛時的狀態極為接近，然後不需太多暴力手段便能遂其所願。

如果加害者打從心底認為自己沒有錯，如果倖存者不斷逼問自己「那時候沒有抵死反抗到底有沒有錯」，如果那些不斷問自己問題的女人在自責與追悔中靜靜沉沒，如果其中有一些真的闖出了文名的例子反倒讓加害者擁有更多籌碼繼續對其他後繼者下手，如果讓事件爛在心底深處的後果是永遠無法好好面對與所愛之人的親密關係，如果說出來的後果是網路上成千上萬的 #hashtag 重複著那些她們早已對自己說過千百次的尖銳嘲諷，如果那些曾經與自己一同追尋小說夢想卻沒有落入同樣陷阱的人們都站出來說：「我覺得她那時候很高興啊。」

總是那些被剝了皮的人，在全身時時刻刻淌著膿血與組織液的當下，還得擔心自己被身邊或遠方不認識的人再剝一層皮。

而總是忙著尋找下一個獵物的加害者不會擔心，他們不會，不會就是不會。

那麼，這樣的性暴力，絕不是那麼簡單地一句「你就去告他啊」可以解決。

讀《剝皮》，其實感受不到井上荒野已經六十多歲了，作家極為入世，並且看不出任何保守傳統觀念的痕跡，她非常熟悉現代性別關係的真實樣貌有多麼微妙，為了呈現這樣的複雜與微妙，作家不是直直寫盡倖存者受害當下與後來面對的痛苦，而是選擇不斷在各種視角間跳躍：男性或女性，倖存者或加害者，核心人物或外圍人物，身在事件之外卻因為家人而必須將事件視為自己人生一部分的人們，或者只是因為同在一個課堂上因此彷彿有了第一手消息的人們，他們的生活中也各自有遠遠近近的性別難題正在發生，井上荒野也寫到更外圍的網友觀點，甚至是網友周邊的感情衝突，讓每一個人心中理直氣壯的「本來就是這樣啊」交織而成一張結構緊密的天羅地網，深深地，深深地，嵌進那些被剝了皮之後只能毫無防備裸露出來的血肉之上。

被剝下一層皮之後，痛楚幾乎難以避免，光是二次傷害便已經防不勝防，更別說康復根本遙遙無期，而井上荒野在故事末段用以療癒我的，也不是一帖俐落痛快的特效藥，那樣的東西我們早已知道並不存在於真實世界，如若放在這樣一篇現實感極其強烈的小說中未免突兀，甚至令人失望。深知世界運轉方式的小說家，給出來的藥方並不簡單，在不同視角流轉之間，她讓故事一點一點匯聚希望，有的人願意挺身指控，有的人願意加入指控，有的人因為巨大的震驚與愛情而改變原本觀看世界的理直氣壯，有的人願意相信令人不快的真相而不再盲目瞎挺，來自眾人的微小改變像是一隻一隻穿過網目到倖存者身邊的手，努力卡在那張天羅地網與裸露的脆弱血肉之間，用自己尚稱健康的皮膚去分擔壓力，然後一個一個，將那些網目般的 #hashtag，從血肉模糊之間清理出來。

於是，雖然還是很痛，但可以期待有一天能夠好起來。

幾乎看得到希望，幾乎看得見光，如果讀者們在故事的最後，也願意和我一樣抹掉淚水的話。

目錄

第一章　現在

柴田咲步

那是刊載在體育報紙上的報導，新患者的飼主在候診室裡翻閱那份報紙。她是二十多歲的女性，帶了一隻雜種小貓要接種疫苗。她身穿香奈兒風格的毛呢套裝、腳踩高跟鞋，從托特包裡拿出的卻是體育報紙，因此咲步打量著對方，心想這人真是帥氣呢。

女性嘩地將報紙翻面折起的時候，刊有那篇報導的那一面就映入了人在櫃檯的咲步眼裡。報導上那男人的名字，還有臉，那股氣味瞬間就出現在鼻腔。就像是甘甜的藥草酒，是那個男人髮膠的氣味。那股想像中的氣味，甚至比走在路上時旁人擦肩而過飄來的相同氣息還要濃厚。咲步就好像被人猛地一把抓住了胃部，忍不住彎下腰。

女性還沒有翻到下一頁，所以那男人的報導還在咲步的眼前。就算想別開眼睛也辦不到，就像是他用兩隻手抓住自己的臉固定。男人的臉龐，雖然嘴角略略上揚但眼神相當銳利，表情看起來像是在笑、也像是生氣。記憶中也是那樣的表情。雖然標題下半段被女性的手遮住了，還是看得出來那是讚揚男人的報導。又有某個人獲得大獎了，託他的福。

沒什麼的，咲步這麼想——她一直都這麼做。不需要別開眼睛，只不過剛好是自己知道的某個男人上了報紙，就只是這樣。氣味變得越來越濃，彷彿那男人近在身邊。彷彿那男人的頭就在自己的胸部上。胃又再次被揪緊。女性將報紙翻到下一頁。

咲步離開了櫃檯，幸好附近沒有醫師也沒有護理師，不然自己一定相當可疑。她進了廁所關上門，馬上將中午吃的東西都吐了出來。

「咲步。」

在上班前的早餐餐桌上，丈夫俊喚著自己。咲步緊張兮兮看著丈夫的臉龐：

「嗯？」從今天早上開始，丈夫就看起來有些坐立難安。或許他終於發現了。雖然他不可能會發現，但也有可能是誰、或者什麼蛛絲馬跡告訴他那件事情。已經遠離許久的不安就像是原先一直躲在門後陰暗處，此時卻大剌剌地侵門踏戶走進咲步心裡。

「妳有沒有事情要跟我說？」

俊微笑著。雖然他的語氣不像是在逼問，但笑容明顯和以往不同。

「什麼事？」

咲步忍不住站了起來。他知道。他知道了。不安幾乎完全成形，真想馬上逃走。俊狐疑地抬了頭，咲步從廚房吧檯上拿起了咖啡壺，為丈夫的杯子加滿後，又倒向自己的杯子。盡可能放慢速度——就像是要延後那最糟糕的時間降臨。

「咦？沒有嗎？真的嗎？」

「沒有啊，怎麼了？」

丈夫的表情有些困惑，或許根本不是我想的那件事情。增田家啊，丈夫忽然脫口說出鄰居的名字。他們是一對七十歲左右的夫妻，相當多管閒事。

「昨天我回來的時候，有人叫住我，結果是增田太太。」

咲步默默聽著。增田夫妻有可能知道那件事情嗎？不可能吧。但可能性或許並非零。咲步有時候會忍不住想著，也許這個世界上除了自己以外的所有人，包含丈夫在內，其實全都知道那件事情吧？大家都知道卻保持沉默、帶著厭惡感然後打量著咲步安然生活的樣子。

「咲步，妳昨天去了松本藥局吧？」

「是有去……」

「增田太太好像也剛好去了店裡，說看見妳正在買驗孕棒。」

「我沒買啊。」

一方面鬆口氣、一方面有些生氣，咲步的聲音略略拔高了些。原來是這樣，但是當然，並沒有因此覺得太好了。

「我買的是腸胃藥和浴室清潔劑。」

「沒有買驗孕棒喔？哎呀，原來如此，抱歉。增田太太還說得自信滿滿呢。」

「她也真是的。」

「真的是，搞什麼啊。她還突然拍我的肩膀說什麼恭喜啦！就算真的有買，也還不知道結果吧。」

「下次別再跟她聊了。」

「才不會呢，抱歉問了奇怪的問題。」

俊再次微笑，他很努力用尷尬來隱瞞失望。你不該為了這件事情道歉。咲步實在無法將這話說出口。因為接下來的那些話語——或許該說是吶喊，似乎就會像植物的地下莖一樣，一整串咻地被拉出來。

兩個人一起出了家門，俊走向車站、咲步則騎腳踏車去動物醫院。咲步在抵達醫院前，路過其他公寓時將腳踏車停在垃圾回收處旁。她從口袋裡拿出驗孕棒的盒子，塞進垃圾袋之間。

生理期已經晚了十多天。

快要兩星期了。當然俊並不知道這件事情。雖然他想要孩子，但因為目前還想著要順其自然，所以他們並沒有努力先算排卵日再來進行性行為，當然他也就不知道妻子的月經週期。他肯定是相信，妻子如果生理期晚了絕對會馬上告訴他。這次會開口問「有沒有事情要說？」想必也是認為妻子會滿臉笑容告訴他「有好事」吧。畢竟丈夫向咲步說想要孩子的時候，咲步也同意。

「早安。」

換上水藍色的制服，咲步走進辦公室。早安。早啊。好冷喔。護理師和醫生們紛紛打著招呼。咲步微笑著。只要有人開了玩笑，她也會和大家一起發出笑聲。這樣一來就能夠確保自身——應該沒有人覺得不自然吧？應該沒有人發現，咲步總是慌慌張張把笑容和笑聲從口袋裡拿出來、急忙貼到臉上的吧？

沒有人知道。沒有人知道我發生了什麼事情。咲步想著——或許其實丈夫和大家都知道，而他們知道與不知道這兩種想法在腦中出現的頻率相同，也一樣都帶著一股寒意。雖然無比害怕有人知道那件事情，卻又為了沒有人知道而感到心傷。為什麼沒有人知道呢？那種事情是被允許的嗎？明明我是這樣痛苦，為什麼那個男人卻能理所當然地笑著，還用自命不凡的姿勢讓人拍照呢？

九點，要開始診療了。拉起大門的百葉窗並打開門鎖，等在門前的動物患者和飼主們……今天早上是兩組走進門來，同時電話鈴聲也響了起來。離電話最近的是咲步，因此她拿起了話筒。在出聲前遲疑了一下。會不會是增田太太因為多管閒事而打來要說些什麼？又或者是那男人。咲步，今晚有時間嗎？他可能會像當初那樣對自己這麼說。不會吧。不可能的。咲步覺得支撐自己的東西，似乎在顫抖下被搖出了身體。您好，這裡是愛心動物醫院。拚了命擠出平靜的聲音，結果打來的是顧客尾上，貓咪摩爾的飼主。掛掉電話，咲步去找負責的深田醫師。

「摩爾好像沒辦法吃東西了。」

她將這件事情告訴正在檢查室中看X光片的深田醫師，貓咪似乎嘴巴裡會痛、還有早上停打胰島素的事情。

「唔……」

深田醫師皺起了素淨的臉龐。在這間醫院裡的五位獸醫師當中，深田是特別溫柔的醫師，每次聽到患者的情況不好，就彷彿是自己的寵物出了事那樣痛苦。

「牠等等會過來嗎？」

「說是下午會馬上過來。」

「我知道了。唔，會是牙周病嗎……」

摩爾已經是老貓了，原先就有糖尿病，除了必須加以控制之外，最近又出現許多其他問題。深田醫師將X光片放在桌上，急急忙忙走出房間，拿了摩爾的病歷表回來，一邊碎念著摩爾幾歲啦並翻閱著病歷。

「剛來的時候十歲……已經十七歲啦。牠都來這裡七年了呢，不管是摩爾還是飼主都很努力呀。」

深田醫師繼續說著，很可能是腎臟的問題引起發炎呢，咲步的心思卻停留在「七年」那個詞彙上。因為每年都忍不住數著，在那件事情發生過後，已經過了多少時間。和摩爾與疾病搏鬥的時間相同，今年是第七年了。

「摩爾初診的時候，柴田小姐還在那邊對吧？」

「是的。」

咲步僵硬地點點頭。「那邊」是離此約十公里左右的分院，由於醫院內的人事調動，咲步在大約六年前調到這間總院來。當然那件事情不是在醫院裡發生的，所以分院的人一無所知。但是那件事情發生的當下，咲步是在分院工作。醫院詢問調動意願的時候她感到放下心來，覺得有種能夠將沾滿泥濘的外套脫掉的感覺。結果現在卻仍穿著那件外套。

「對了，那個……愛心通訊！」

深田醫師似乎想起了什麼，輕拍著咲步笑了起來。

「有時候會有人拿過來，我都很期待耶，那個是柴田小姐妳寫的對吧？」

「饒了我吧。」

「為什麼？很有趣啊。妳可以再寫寫那類東西嘛。」

「我絕對不會寫的。」

咲步努力在說這句話的時候帶著笑容，深田醫師也笑了，走出檢查室。

咲步想起了紅色筆記本。

紅色布帛上印著封面圖案、線圈型的B5大小筆記本，咲步在那本子上寫日記。寫左頁的時候因為拿筆的右手會卡著線圈不好寫，所以文章都只有寫到每頁中間就換到下一行。右頁則是滿滿的從頭寫到尾。打開筆記本的時候，就會回想起那個情景——因為除了書寫以外，也曾不斷重讀先前寫下的東西。

從專科學校時代就開始寫了，進入愛心動物醫院就職、成為分院護理師以後仍然繼續書寫。筆記本總共有六本。咲步並非依照年分更換，而是把筆記本的每一頁都寫滿以後，就換新的一本。本子雖然算薄，但她每天寫的文章並不短。要是可以不用在意睡眠時間，或許能寫更多呢。

她喜歡書寫。她不是只寫下那些實際發生的事情，而是想像著將來或者背地裡發生了什麼事情，然後都寫下來，很容易就滿到格子外，結果最後成了公告欄的新聞。A4大小的紙張上大多填滿貓咪或狗狗走失的資訊、尋找領養者、疫苗接種公告等，在僅存的小小空間裡，則刊載了有如周邊雜記般的散文、又像是小說的短文。一開始只是用家裡的電腦做好之後列印出來，每個月貼一張在醫院的公告欄上，因為其他工作人員和飼主們的評價都很好，也有很多人說想要帶回家，所以就印了三十張左右放在櫃檯上。標題是《愛心通訊》。當時出到第幾號呢？在沒辦法繼續寫紅色筆記本以後，也曾因為可能會被問為何不做了，所以姑且還是有做出幾次普通公告。但還是會有人來問怎麼只有普通公告和尋找領養者的內容，沒有平常的短文？咲步只好半開玩笑地說「我遇到瓶頸」。之後就連要這樣與人問答都覺得痛苦，只好放棄製作。正好當時醫院也來詢問調動到總院的意願，這樣就不會再有人問了。

紅色筆記本。以前是喜歡書寫的，從二十歲左右開始寫的紅色筆記本。最後一本寫的並非日記，而是一開始就以小說風格寫下的筆記。原先想著今後要多多記下這類筆記，一邊覺得相當興奮，不斷重讀這些內容。某天起就無法再寫了。無論要寫什麼，都會感受到那股氣味。那男人髮膠的氣味。紅色的筆記本。咲步原本是喜歡書寫的。

下午，尾上夫婦帶著摩爾來了，很早就在醫院前等待。

咲步帶他們前往深田醫師的診療室，為了協助也一起進去。從藍色格紋的外出籠裡，瘦到只剩皮包骨的虎斑貓如易碎物般被抱出，放在診療臺上。咲步第一次在這間總院看到摩爾的時候，牠還相當壯碩，在外出籠裡還顯得太擠呢。大約半年前，左邊腎臟發現類似腫瘤的影子，這個年紀要進行摘除手術的風險已經太高，只能隨機應變對症下藥了。然而，還是逐漸走向盡頭。

深田醫師打開摩爾的嘴巴，摩爾雖然有點退縮，但似乎也沒有什麼抵抗的力量。唔唔，深田醫師發出了相當悲痛的聲音。尾上太太說，牠似乎很痛，看來是已經拚上老命了呢。她想盡力以笑話帶過，而深田醫師也溫柔地對著貓咪說：「是啊，摩爾已經拚上老命了呢。」不論從年齡還是全身狀態來看，都已經不可能打麻醉，所以也無法拔牙。只能給抗生素觀察情況，在恢復食慾之前最好不要注射用來治療糖尿病的胰島素，因為若牠不吃東西卻一直打胰島素，血糖值反而會過低而造成低血糖。一同前來的尾上先生雖然幾乎沒開口，卻眼眶帶淚、吸著鼻涕。

任誰都很明白，摩爾已經沒有多少時間了，咲步覺得這件事情實在非常悲傷。成為動物護理師這十幾年來，經歷過許多動物患者的死亡，她對摩爾並沒有特別的感情，如果每次有動物患者死亡就開始哭泣，根本就沒辦法做這份工作。在自己還是新人的時候，去聽講的課程講師是這麼說的。話雖如此，也不能就這樣習慣了。因為不能夠讓心靈鈍化。請大家要擁有能夠戰勝悲傷的強悍……講師雖然是這麼說的，但想來他自己根本就已經習慣了。為了變強，就必須讓心靈鈍化。不可能邊保持柔軟的心靈邊變強悍。但今天離開醫院之後，咲步腦中依然想著摩爾的事情。內心刺痛著。就好像是厚重的鎧甲出現了裂縫，有種酸性的液體滲了進來。就好像那鎧甲下是被剝了皮的心。

本來沿著河堤騎車的咲步，猛然往右一轉過了橋。因為她看見遠遠那頭騎著腳踏車往自己接近的女性，似乎是鄰居增田太太。在對岸騎著車的同時，心想到了下一座橋再回去那邊，咲步忽然發現自己竟然那樣害怕鄰居。說起來現在接近晚上九點、天色如此昏暗，根本無法肯定那個騎腳踏車的人是否真的是增田太太。或許就算不是增田太太，也還是害怕與他人擦身而過，似乎只要有人從身旁經過就會被追問那些事情。生理期是不是晚了？妳買了驗孕棒對吧？妳懷孕了嗎？打算生下來嗎？為什麼不告訴妳先生？妳不想生嗎？為什麼？明知這是自己的妄想，明知根本不會有人問這些問題，咲步卻還是只要看到前方亮起腳踏車的車燈、或似乎有人走過來，就得壓抑自己想要馬上緊握煞車的心情。

紅色的筆記本。

咲步又想起這件事情，得把那個丟掉才行。得像驗孕棒那樣，偷偷帶出家門、趁沒人發現前趕快丟掉才行。得裁碎、埋起來，讓自己也拿不回那東西才行。

不這樣的話，丈夫或許馬上就會發現那些東西，要是他發現那些東西一切都完了。咲步的腦中充滿這些念頭，不知不覺提高了腳踏車的車速。

咲步和俊的家，就在綠意盎然的武藏野城鎮郊外那沿著坡道蓋成階梯型的住宅區最下層。

上方大多是建商新蓋好的房子，不過咲步家那一排相同樣子的建築物卻較為老舊。結婚後他們在這裡租了間房子住。兩個人的目標是將來擁有自己的房子，因此每個月都會存點錢。

停車場上有一輛藍色的豐田ＶＩＴＺ，一旁那略顯寒酸的花壇裡零零星星開著幾株水仙。那是咲步在搬來時種下的球根，每年會因為氣候或者其他因素，有時開得相當旺盛、有時可能只伸出葉片而幾乎沒有花朵。結婚已經三年了。

家裡明亮又溫暖，俊在餐廳裡，桌子上已經準備好了火鍋。在建設公司工作的俊基本上都很早回家，因此不知何時也養成了由他準備簡單晚餐的習慣。通常他都會先吃，不過看來今天他還在等咲步。

「我也是剛剛才回來的。」

俊已經換成了休閒服，同時從冰箱裡拿出兩瓶啤酒。移動式瓦斯爐上的土鍋裡正咕嘟嘟煮著放了昆布的湯，豬肉、菠菜和豆腐裝在盤子裡，市售的橘醋已經倒進漂亮的小碟子裡。咲步心想，他說剛剛才回來一定是騙人的，肯定一直在等我吧。

「冬天真是不錯呢，可以吃火鍋。」

兩個人互道乾杯後，俊笑開了說。

「不過我們家夏天也很常吃火鍋呢。」

咲步也以笑容做為回應。一邊想著自己真的很喜歡丈夫，卻又有種他是個陌生人的感覺。

之後兩人隨口聊著小事邊吃晚餐。喝完啤酒的時候——兩個人的酒力都不是特別強，所以一向是一人一罐。正如咲步所恐懼的，俊在此時開口說道：「早上真是對不起……這樣感覺不是很好對吧？好像我在催妳一樣。妳會不會覺得是我在騙妳？但我說的是真的，是增田太太自己叫住我……」

「我沒有覺得你騙人，也沒有特別覺得不舒服啦。」

咲步攪動著鍋裡煮過頭的菠菜和豬肉，雖然放到小盤裡，卻不覺得自己有辦法下嘛。

「我之前是沒有想得太嚴重啦。」

「這樣啊。」

「但是都這個時候了，總覺得好像還是應該重視一下這個問題。與其說重視，應該說認真吧。要不要認真考慮一下生孩子的事情呢？」

「嗯，說的也是。」

「我是指要去醫院……可以嗎？」

「嗯。」

俊凝視著咲步的臉龐，咲步則努力微微一笑。否則還能怎麼做呢？俊立刻站起身，把筆電拿了過來，馬上開始查起相關醫院。兩個人一起挑了醫院。俊配合下下星期咲步工作地點的公休日請了特休，要兩個人一起去醫院——「也可能在那之前我們就自己成功了呢。」俊微笑著說。

俊什麼都不知道。

咲步想著——她心中並非怪罪，而是祈禱。

她和俊是高中同學，六年前咲步剛好從分院調到總院沒多久，就遇到第一次的同學會。雖然那時候的精神狀態非常糟糕，咲步還是去了。畢竟八年沒見的同學們，他們什麼都不知道。就和總院的同事們一樣，他們都不曾見過咲步和那男人有關係時的樣貌。那時候咲步最想要的就是能夠忘記那男人的地方，一瞬間也好。會場在新宿的居酒屋，坐在旁邊的人剛好就是俊。

當然俊也是毫不知情。不管是我喜歡書寫、想寫小說，還是擁有紅色筆記本的事情，他都不知道。他完全不知道我曾通勤去吉祥寺的文化中心上課，也不知道我和那男人之間發生了什麼。

或許是因為如此，我才會跟他結婚的吧，咲步想著。又馬上改變自己的想法。不，不是那樣的。或許正是因為那樣，他才會對我抱持好感。

一開始和俊的性行為並不是很順利，咲步花了很多時間才能完全將自己的身子交給他。但俊一直相當有耐心地等待，慢慢解除自己的警戒。俊就像溫柔的毛毯，咲步感受到俊慢慢覆蓋到自己身上。沒問題的，有天晚上，咲步緊抓著他的胸膛想著，俊會幫我消除那個男人的痕跡。一直以來都沒問題的，應該早已忘了與那男人的事情呀。

俊進了臥室。

他讓咲步先去洗澡，而他也洗好了、剛從浴室出來。那略略溫暖的身體，滑進咲步身旁。他貼在咲步背後，用兩手輕輕包裹著咲步的胸膛。半開玩笑地細語著，我覺得今天會成功呢。

俊還是那樣溫柔。不是因為「覺得會成功」，而是因為發現剛才餐桌上咲步的樣子有些奇怪，所以才會來抱著咲步的吧。大概是在後悔自己不該隨口說出增田太太告訴自己的事情。明知如此，咲步還是渾身僵硬。對不起，我今天有點累呢。咲步說著。過了一會兒，丈夫說：「這樣啊。」他的手離開咲步的胸膛、身體也逐漸遠去。

想轉過去面對丈夫。咲步想緊抓住丈夫的背部，卻動彈不得。俊不知道自己生理期晚來了。也不知道自己真的如增田太太所說，去買了驗孕棒。如果能在不被發現的情況下使用那東西，然後判斷為陽性的話，接下來肯定會開始尋找協助自己墮胎的醫院，這個溫柔的丈夫並不知情。

月島光一。

電視畫面上打出了男人的名字。

早上丈夫習慣性地打開電視，那畫面立刻出現在眼前。俊只瞄了一眼，似乎沒有太在意便去了浴室。所以咲步一個人在廚房吧檯的另一邊看著。

當然也看到了那男人的臉。最後一次見面是七年前，但他看起來似乎都沒變。那背景很眼熟，咲步馬上就發現那是文化中心，在吉祥寺——以前咲步去的那個地方。男人正在上課，字幕一消失便聽見那男人的聲音。絕對會變得更好。他是這麼說的。任何人的小說文筆都能變好，我會讓你們變好的。就連說話方式也都還是咲步記憶中那樣語尾丟到半空中的感覺。咲步曾經聽過一模一樣的臺詞。攝影機拍攝了學生們的樣子，那些一臉崇拜抬頭看著男人的臉龐、還是那種臉龐。桌上緊握的拳頭。

俊回到客廳，問咲步：「可以轉臺嗎？」嗯。咲步無法好好將話語擠出來，發出了宛如呻吟的聲音。就在俊去拿遙控器的時候，又出現了「月島技法」的字幕，畫面是男人和學生們在居酒屋喝著酒，又聽見了那男人的聲音。我常和學生們交換意見，畢竟寫小說的方法，就是如何生存的方式……

那天下午，尾上夫妻又帶了摩爾來，看來牠還是沒辦法吃東西。牠的口中還是一樣疼痛腫脹，深田醫師提出的對策是變更抗生素以及給予食慾增進劑。

「還有就是強制餵食吧。」

「強制……」

「這樣對摩爾來說很痛苦吧？」

尾上先生很難得地開了口。

「這個嘛……也有些孩子會馬上吐出來，看情況可能會對貓咪和飼主都造成很大的壓力。但是繼續這樣不吃東西，只會越來越虛弱。」

越來越虛弱。深田醫師說得相當客氣，但想來尾上夫妻也能理解那就表示「會死掉」吧。夫妻倆對看了一眼。該怎麼辦？太太開口問著，而回應著「這該如何是好呢」的尾上先生已經語帶哽咽。想必是覺得牠現在都這麼痛苦了，也不可能治癒，再繼續下去還有意義嗎？其實和摩爾一樣全身狀態惡化的寵物，有很多飼主都會希望讓牠們安樂死。

「要不要稍微試試看呢？」

咲步在深田醫師的指示下，拿了裝有濕食的針筒過來。深田醫師將摩爾拉近自己一些，把針筒的前端放進牠的嘴裡。

「啊，吃了！牠吃了！」

深田醫師開心大叫著。咦？吃了？尾上夫妻似乎有些摸不著頭緒，連忙靠往診療臺邊。

「再試一次吧。這邊好像不會痛的樣子。來，吞吧！你們看，牠吃了！」

「真的！牠吃了！」

「摩爾真棒！你吃了！」

摩爾就這樣被深田醫師抱著，一臉「你們到底在吵什麼啊」而發愣的樣子。總覺得牠的眼中似乎也多了些力氣。尾上先生已經開始放聲大哭，聽見哭聲的咲步也忍不住濕了眼眶。

就在此時咲步忽然有些感覺，所以默默走出診療室，進廁所去確認一下。紅色的血液掉落在馬桶裡，生理期來了。沒有懷孕。咲步凝視著那在水中緩緩沉下去的血滴，眼淚也掉了下來。

這不是為了摩爾而流的眼淚、也不是安心的眼淚，咲步想，這是憤怒的眼淚。這樣太奇怪了，明明想要孩子，發現生理期來卻鬆了口氣實在太奇怪了。

我不想生孩子。

咲步承認這件事情，因為我討厭自己的身體。我不想抱著從這個身體生下來的孩子，也不想讓俊抱著那樣的孩子。因為我的身體是骯髒的，被那個男人弄髒了。那個男人的氣味、手的觸感、他把陰莖塞進我身體的觸感，都還留在這個身體上。

這樣太奇怪了，咲步想著。明明想要孩子，卻不想生孩子實在太奇怪了。必須思考今天晚上不要和丈夫做愛的理由實在太奇怪了。每當丈夫觸碰自己，就覺得弄髒了他的手，這樣太奇怪了。這樣實在太奇怪了。太奇怪了。太奇怪了。

月島光一

得換張新沙發才行。今天早上還沒五點就醒過來，接著就睡不著了，月島光一躺在床上就只想著這件事情。電視那個以跟拍當下以及各界名人製作成的節目將要介紹月島，下個月就會開始攝影。當然攝影機也會進到這個家中。那歷經二十年歲月四散著擦傷及毛球的破爛沙發在電視上應該會看起來很糟吧？這件事情他和妻子談過了。雖然要說不是什麼大事倒也真的不是那麼重要，但又覺得這與自己的生存方式有著重大關係。

「我覺得那張沙發看起來比較有我的感覺。」

早餐桌上他向妻子夕里說著。那是早上十點——自從離開出版社以來，早餐就變晚了。雖然沒用過早午餐這樣時髦的詞彙，不過夫妻兩人都沒有吃午餐，因此桌上除了麵包及咖啡以外，還有生菜沙拉、焗烤馬鈴薯之類的東西、水煮熱狗等，頗為豪華。在月島眼前還有為了健康而每天飲用的綠色果菜汁。

「因為有人要攝影所以換新沙發，總覺得這樣有點不好意思呢。」

「可是攝影組不會知道我們換了沙發吧？」

夕里悠哉回答著，雖然她這也稱不上是反駁，不過月島察覺到看來妻子是想要新沙發。

「就算沒有其他人知道，我自己還是知道啊。」

夕里盯著丈夫瞧了一會兒，然後微笑著說。

「說的也是，這的確是很重要。」

「對吧？」

「是呢。」

最後的回應聽起來有些幽默，月島也忍不住笑了出來。比自己小了十五歲的妻子，與自己已經超過十年沒有性生活，有段時間兩人幾乎沒有說話，不過最近又恢復了從前的親密感——雖然還是沒有肉體接觸。

「啊，但是妳要買新衣服的話是沒關係的。」

起身的時候他如此說著。太好啦。妻子那天真的聲音讓月島的臉部也放鬆了些，開始準備出門。

兩名中年女性一邊偷看自己，一邊悄悄說著些什麼。

電車進站後，月島盡可能選擇離那兩人比較遠的車門上車，把外套內袋裡的太陽眼鏡拿出來戴上。雖然戴太陽眼鏡這件事情本身就令人感到有些害羞，但要是在車上被人那樣盯著看，又不知道該做何表情是好。

去年的學生萬田一樹得到了芥川賞[1]。在月島教學的文化中心課程「小說講座」的學生當中，他是第二個拿到芥川賞的，而萬田在獲獎時的記者會上感動不已，哭著表達自己對於月島的感謝，之後來採訪月島的人幾乎和萬田那邊一樣多。有一次NHK也來拍了他上課的樣子；雖然時間並不長，但其他電視臺也開始播放起月島的照片，還伴隨著「月島技法」這個詞彙。不知道該不該信，不過曾有電視節目從業人員說月島的容貌在電視上非常上相。看來將充滿某種氛圍的知識分子稱作「成熟智慧者」，甚至簡稱為「熟智」已成風潮，而月島似乎也被歸類為這種人。

在吉祥寺下車後，走進圓環對面的大樓，文化中心在這棟大樓的五樓，月島在電梯裡拿下太陽眼鏡。才剛踏出電梯，辦公室的蟹江便喊著「月島老師啊」往自己奔了過來。

「四月以後的講座一下就滿了呢。」

「嗯，我聽說了。」

雙排釦西裝在這矮小的四十多歲男子身上，看起來像是兒童節禮服，月島與他肩並肩走向辦公室邊應著。雖然一月底才開始招生，不過兩班似乎都一天就滿了。這十幾年來月島的「小說講座」一直都很受歡迎，不過這次的速度實在是新紀錄。

「等著候補進來的人也很多喔，大家都不願意放棄呢。」

「哎呀，過一陣子就好啦。」

「要不要把班級人數再增加十人呢？」

「十人？不行、不行。」

「教室裡還可以多坐二十個人呢。」

「就算可以擠進教室，我的工作量也有極限啊。畢竟我還是得讀他們提交的作品。」

「這樣的話，要不要再多開一班呢？」

「那還不是一樣。」

蟹江仍然努力不懈想說服他，月島只好含糊說著我再想想看，便走出了辦公室。

【編註】

1. 與直木賞同為日本文學的最高榮譽之一。芥川賞是典雅小說（Soul Novel）的代表性獎項，而直木賞則是通俗小說（Cool Novel）的代表性獎項；芥川賞以鼓勵初出茅廬的寫作者為宗旨，直木賞則是給予已經出書的寫作者為宗旨。

雖然還要好一會兒才是講座的開始時間，但他實在不想繼續談那個話題。學生一班最多就是二十個人，要是再多的話，就不能每個人給予充分的指導了。

月島進了教室，和幾個已經抵達的學生打過招呼，便在講臺上的教師座位坐下，翻閱寫有今天預定上課內容的筆記。其實他只是從筆記本的頁面上滑過視線，根本沒有在看內容，因為他的意識專注在接連進入教室的學生上。時間到了，月島抬起頭來。重新環視一次教室，果然沒看見柏原步美。

「那麼我們開始上課吧。今天嗯……十七人？有三個人休息嗎？」

明明早就知道了，月島卻說得好像剛剛才數人頭。

「高岩同學好像工作還沒結束。」

缺席的人會跟自己比較熟的人聯絡。

「原同學食物過敏臥床不起。」

四下揚起笑聲。月島也笑了，以隨口說說的語氣問道：「柏原同學呢？」沒有人回答。柏原步美個性確實並不外向，但她是第一次缺席。

「……今天沒有要講評作品，是書籍作業的日子吧。大家都讀過了嗎？那麼二宮同學，說說你的感想吧。」

上課過程就如同筆記上所寫的，先點名那個就讀大學創作系的青年。青年表述的感想幾乎是先前就預料到的內容，月島想著這樣上起課來比較容易呢，不過總覺得沒那個心情。畢竟今天的講義內容，幾乎都是為了要給柏原步美創作靈感而架構的。

一個半小時的課程結束後，月島一如往常和學生們前往附近的居酒屋。原先是晚上的講座課程結束後，月島會開口叫幾個男學生一起去喝一杯，不過現在已經轉變成事先預約中午就開始營業的店家，幾乎所有學生都會參加的「課後講座」。

「乾杯！」

月島高舉生啤酒的大酒杯。他雖然不抽菸卻喜歡喝酒，即使隨著年齡增長、酒量有些下降，但在這種場合仍然有自己最強的自信。

「美江子，那件事情後續如何啦？被男朋友的恐怖老婆發現的事情。」

無論聚餐多少次、喝了多少酒，大家都還是相當乖巧，所以月島要負責炒熱氣氛。

「咦？可以說嗎？還滿長的耶。」

「哎呀就說啊！要是太無聊的話會被我叫停就是了。」

「這樣講的話我怎麼敢說啦。」

話雖如此，那位中年女性還是說了起來，是雙重外遇的混亂之事，不知道有哪些部分是真的，但那也不重要。

在喝酒的時候當然不會繼續上課，不過也有很多學生認為月島在這時候做的事情其實也是另一種課程。要說什麼、怎麼說、用哪些詞彙會讓月島覺得有趣，或者讓他覺得無聊？先前就有許多學生說，這就是他們創作的靈感來源，畢竟月島也是有稍微將心思放在這方面，因此還是成了附帶酒席多上一堂課的感覺。當然這種時候月島的餐飲費用是由學生們分攤的，但對他來說還是很接近過度勞動，要不是喜歡的話，實在很難繼續做下去。

比其他人喝得都快的月島在乾了第二杯生啤酒的時候，剛才課程缺席的男性之一高岩出現了。似乎是工作一結束馬上就奔來，想著至少要參加課後活動才行。高岩是不是覺得吃飯比課程還重要啊？大家對他開著玩笑。月島也一起笑著，接著彷彿是延續玩笑話般說道：「有沒有人要打個電話給步美啊？」

雖然他自己有向柏原步美問出電話號碼，但總覺得這件事情他現在不應該說出來。幸好學生們似乎有開一個LINE群組，有人立刻說要聯絡看看。

「她說十五分鐘後到。」

這樣啊，月島一臉不在乎地點點頭，但實在無法壓抑高漲的心情。啤酒喝完了換成加冰塊的燒酎，忍不住喝得快了些。步美來的時候，他已經有些醉意。

「哎呀，等妳很久啦。過來這邊、這邊。」

他將步美叫來自己身旁，為此其他學生也稍微讓出空間來。步美有些尷尬地折起深藍色的蓬鬆外套，像是要把自己和月島隔開般放在兩人中間才坐下。她在市公所上班、三十二歲，從上一期課程開始參加月島的講座。月島偷瞄著她淺紫色毛衣V字領口下那毫無斑點的白皙肌膚。

「今天怎麼啦？身體不舒服？」

「不……我老家有點事情。」

步美說她是在回到自己公寓之後剛好收到LINE訊息。月島知道那公寓在三鷹，因為他去查過學生名冊。

「都是因為柏原同學沒來，老師今天很沒活力呢。」

桌子的另一頭那個雙重外遇的上野美江子刻意大聲嚷嚷。月島在心中想著這人真多嘴，還是回應：「就是說啊……畢竟今天的課程是為了步美想的呢。」

先前雖然覺得這件事情不要讓大家知道比較好，不過既然有人提了，那麼最好還是講出來。

「咦？好好喔。」

「這樣講感覺很有問題耶。」

「偏心、偏心。」

學生們馬上七嘴八舌了起來，雖然他們嘴上那樣說，但聽起來是很贊同自己的，因此月島回答：「我當然是會偏心的啊。」

「我現在最期待的就是步美了。不過就是還差一步，我覺得再更脫層皮的話一定能寫出更棒的東西。現在是最重要的時期。」

雖然覺得有些誇張，但月島的聲音中帶著熱情。哇！好厲害。真羨慕。柏原同學要再多加油一點喔。周遭的聲音轉變為鼓勵，柏原步美卻反而有如置身於暴雨之下縮起了身子，小聲說著：「我會加油的。」

那天月島回到家已經過了晚上九點。

在第一間居酒屋之後大家又去了第二間續攤，稍微喝多了些，因此他直接走向書房倒在沙發床上。有課的日子幾乎都是這樣，也事先和妻子說好不用準備晚餐。醒來的時候已經過了凌晨十二點。

夕里有先放好洗澡水，所以可以好好地泡一泡，然後瘋狂灌水。覺得酒似乎醒了些又回到書房，四下寧靜無聲，看來妻子在臥房裡已經睡著了吧。兩人分房睡覺已經好幾年了。

要再倒頭睡覺也不太可能，月島在書桌前那張帶扶手的椅子上坐下。書桌是自己在當編輯時，一位老作家出讓的紫檀木厚重書桌，打開的筆記型電腦幾乎被層層相疊的書籍和雜誌淹沒，鍵盤上則放著稿子的影本。他將柏原步美提交的五十二張稿紙小說給印了出來。

月島隨手翻閱著，覺得又想再喝杯酒，起身從書架上拿下了威士忌。將酒倒進一直擺在書桌上的玻璃杯，舔了舔酒之後重新翻閱起稿子。

稿子的標題是〈上等玩具〉，這是柏原步美提交給月島的第三篇小說。前面兩篇是在上一期的講座交給他的。這三部作品都還有些不成熟而拙劣，卻帶著奇妙的趣味。不——正確來說確實有奇妙的趣味，但實在是非常不成熟而且相當拙劣。月島想著，呵呵笑了起來。因為他覺得柏原步美是寫這種小說——甚至是難以稱為小說的外行人東西——的這種女人，實在可愛到不行。

今天步美在大家叫她來之後雖然有到居酒屋，但沒有跟著續攤。原本想著她畢竟中途才來，應該會跟大家繼續去喝吧，沒想到在月島去洗手間的時候，她就付了自己的費用走了。或許她很在意被大家說老師偏心自己，而且考量到她今天沒來上課，也許是因為先前兩人私下見面讓她有所遲疑，畢竟在居酒屋裡她也沒怎麼說話……看來應該好好見個面，跟她說清楚才行。能讓我月島光一「偏心」有什麼樣的意義、又是多麼幸運。

步美寫的東西，當然是有慢慢進步。這絕對是月島指導的成果，月島覺得應該能夠更好的。實際上要成為職業小說家非常困難，不過或許能夠拿到文藝雜誌的新人獎之類的，就算沒有，只要能和我搭上關係，她的人生也應該會變得更加豐富。

單純教導技術非常簡單，什麼是小說？寫小說是怎麼一回事？只要能夠好好理解我想教的東西，就能夠明白。然而要讓大家理解這些東西卻相當辛苦，所以並不會想要教給所有人，但若出現了我覺得對的人，就會盡力教他。只要越熱中，與他人的距離也會縮短。萬田一樹是這樣，以前我看上的學生也有好幾個，有人在講座課程中就拿到了新人獎出道，後來還拿到了芥川賞。雖然也有些人不喜歡私人關係而脫離課程，但那也是沒辦法的。這表示她也就是那樣的人罷了。記得那女孩應該是動物醫院的護理師吧——月島忽然想起。若問能否成為小說家，那女孩遠比步美來得有潛力多了，卻因為無法脫離世俗道德觀而鬧起彆扭，最後就離開了。對了，她和步美一樣有著漂亮的肌膚。

雖然已經讀過好幾次，但重讀步美的稿子還是相當愉快。因為可以明顯看到她拚了命想採用月島建議的痕跡——雖然是相當沒有用的奮鬥。月島下意識地將粗壯的手指滑過稿子上的文字，眼前浮現的是白皙的胸部。

含了一口威士忌，也不知是何時喝下的，接著他喝乾了杯中物。月島放下杯子、脫下內褲開始自慰。

星期一是久違的晴天。月島在乾燥而冰冷的空氣中，心情愉悅地走著，他幾年前就會去徒步十五分鐘左右可以抵達的健身房。

現在最常使用的幾乎都是泳池。以自由式慢慢來回游過上級者泳道，游一公里左右就上岸。

平常他都會在泳池邊的按摩池中稍作休息，不過今天有兩個和月島差不多年紀的男人在那裡親密，跟女人一樣吱吱喳喳，所以月島走向了窗邊的躺椅。平日的早上人很少，除了邊邊的兩條泳道有初學者的游泳教室正在上課以外，步行泳道上有兩位中年女性，另外只有上級者泳道有個年輕男性獨自在游泳。

那位年輕男性的身材頗為精壯。

月島悄悄評估著，對方應該是在大學社團之類的地方從事其他運動，可能是來這裡自我練習。我大概也贏不過那男人吧，畢竟年齡就是無法對抗的東西。不過除了他以外，現在這裡體力和肌力最好的就是我。在按摩池裡的男人根本就不是我的對手，那些傢伙恐怕連自慰的力氣都沒有。

月島在心中苦笑著——對於自己竟然在思考這種事情，也是有些驚訝。明明自己在當編輯的時候，還認為年過六十的男性執著自己的肌力和精力根本應該遭人唾棄。但這也沒辦法，那時候根本無法想像自己有一天會年過六十。原先以為離開公司以後就寫寫自己負責的作家們的回憶錄之類的，過著有一天沒一天的日子。從來沒想過有一天自己的樣子會出現在報紙還是電視上，在大眾面前曝光。性行為也是這樣，以前的自己覺得女人就只有老婆，如果對老婆不會產生慾望的話也就那樣了。

離開健身房，到旁邊常去的理髮店剪個頭髮，之後搭電車前往都心附近的飯店。雖然比較早到，但是等待的人已經在一樓咖啡廳。

「哎呀，名人來了。」

「饒了我吧。」

雖然是月刊雜誌的採訪，不過訪談者是從編輯轉職為自由記者的人，認識很久了因此相當熟稔。由於已經接受過許多媒體採訪、問題也都大同小異，所以月島回答起來也相當輕鬆。記者拿出數位相機拍好月島的照片之後，就隨口聊起天來。

「木村佑太郎好像有老年癡呆了。」

記者似乎早有準備，他說的是一位男性作家。

「咦！他的年紀也沒多大吧！」

月島想著對方不是才比自己大個四歲還五歲嗎？

「六十八啦，以癡呆來說好像太年輕了一點，不過他獨居、又幾乎沒跟其他人往來的樣子。」

「那怎麼會知道他癡呆了？」

「有段時間他常打電話到各出版社，而且還是一天打好幾通喔，都是他自己打的。現在就算提木村佑太郎，很多年輕的編輯根本不知道他是誰，但他在電話裡又一直說什麼稿費怎麼還沒來、想跟編輯討論新的連載之類子虛烏有的事情。」

「現在呢？」

「進了相關設施啊。結果應該是哪個記得他過往風光的人在照顧他吧。」

記者還有下一個工作因此離開了，不過月島還坐在原處。他又點了杯咖啡，沉進沙發裡，重新思考起木村佑太郎的事情。

在當編輯的時候，月島也曾負責過他的編輯工作。那是他大學畢業沒多久就進入的第一間出版社，在歷經運動雜誌、週刊雜誌的編輯部以後，第五年終於被分發到他最想去的文藝雜誌編輯部，大約就是在那之後沒多久的事情。

當時木村自己投稿了長篇小說到其他出版社的文藝刊物部門，結果成了暢銷作品，同時他也是個有名難應付的作家。據說如果一開始去見他的編輯不合他意，那麼他以後都不會接受該媒體的委託，因此所有人都不敢輕舉妄動，月島卻自己舉起手。

他會自願前往並非功名利益之心，單純是對於木村的小說相當感動，而且內心非常期待著若能寫出那樣小說的作家，想必也能寫出這種東西吧、或者他能用這樣的筆法書寫吧等等。結果就是月島得到了他的信任。會面並非第一次就成功，就算被趕走也拚了命地繼續努力，在第五次接洽之後成功獲得連載的應允，這在業界內成了傳說，但月島其實打算不管幾次他都會拚命咬著不放。因為真的非常喜歡木村的小說，無論如何都想和他一起工作。

尤其是關於文學，自己實在太過熱情，月島對於自己這樣的個性早有自覺。會察覺小說的有趣之處，是還在長野深山當個中學生的時候，父親是地方報紙的新聞記者，他的書架上有世界文學全集，而月島訂下目標要全部讀完之後，在高一的暑假結束時達成目標。雖然上了東京的大學還念了文學系，但他也在那時候了解自己並不適合當作家，應該成為編輯。

之後他與木村佑太郎也往來了許久，甚至演變成就連其他出版社的工作，只要透過月島就有可能成功。但現在回想起來，那時就是木村的顛峰了吧。出版社後來開始重視比木村佑太郎更好應對又有市場的作家，因此委託木村工作的編輯也越來越少，企劃也紛紛不再列出他的名字。抵抗這股風潮直到最後的大概就是月島了。月島的做法是不管賣座與否，只要是自己相信內容有趣的小說就要推到市面上，但是就如同公司不接受木村佑太郎，逐漸也無法接受月島的行為。最後公司要把他調到廣告部的同時，他就自請離職了。雖然因為有人介紹，原先是有預定轉職的公司，但在那裡也遭到上司的冷落。不，是我無法相信他們的文學觀、出版理念，還有我們所擁有的各種東西才對，月島想。

於是十四年前也辭掉了第二間出版社。

面對中庭的是一整面的玻璃窗，月島彷彿在那片人工綠意當中尋找著什麼馳騁思考。十四年似乎過得相當快，但也是一段不短的歲月，木村佑太郎已經老年癡呆、幾乎被這個世間遺忘，甚至連他曾為時代寵兒的記憶都早已四散而去。就連月島也已經好幾年沒想起他。而自己現在卻是這樣——連候補都很難補上位置、超人氣小說講座超級講師。關於小說這種東西，我的方法是正確的。而打算寫小說的人也都認同這點。除了剛才在泳池感受到的驕傲，月島又浮現一種不是很清晰、不確定實體的心情。有個男人從一叢灌木後走過，雖然只有樹枝但那應該是連翹吧。一瞬間那人看起來就像是年輕時的自己——彷彿要來對自己說些什麼。定睛一看，那只不過是穿著黑色禮服的飯店人員。

要不要去看看木村佑太郎呢？腦中才出現這念頭，卻又馬上打消。我去了恐怕他也不認識我吧。又何必去看作家淒涼的樣子，搞得自己沮喪呢。

出了飯店，月島往車站方向走，隨意走進路邊的店家。會忽然想進店家，可能是因為在離開咖啡廳前已經打電話給柏原步美，約好了之後要見面。實際上那老年癡呆的作家已經完全從腦海中消失，月島的心情好到幾乎要吹起口哨。

看來這是間古董家具行。白色牆面搭配玻璃的樸素空間中，沙發和椅子有如雕像般展示在中間。就連走出來的店員都只說了句歡迎光臨後，就像個家具似的站在原地，讓人覺得有些悶，但月島還是重新將視線放回剛才看見的沙發上思索。那是個有不鏽鋼腳、包著紅磚色皮革坐墊的時髦沙發，寫著價格的卡片也印上了商品說明，是丹麥設計師的作品。月島對這方面的文化不清楚也沒有特別關心，不過曾經在某處看過這設計師的名字。

感覺不錯啊？月島想。這個皮革舊化的感覺還不錯。先前怎麼都沒想到古董類的呢？這樣的話也還挺有我的風格吧。問題在於價格，這金額實在讓人一愣，但也不是真的付不起。先前比較誇張的購物，大概也就是目前住的大樓了吧。只會為了工作出國，也不曾買過名牌鞋子或手錶之類的東西，主要是覺得那樣用錢實在太無聊了，不過這個感覺就不錯吧？我現在應該要買這個沙發吧——為了肯定我這十五年。

月島喊來店員，沒有多說其他話就直接表示「我要買這個」的時候，對方露出驚訝的表情，這還真讓人感到愉快。安排好運送並付完款後，月島走出店家。想著是否該打個電話告訴妻子說買了沙發，但想想又作罷，希望沙發送到的時候能看到她驚訝的表情。

月島回到飯店，因為他和柏原步美約在這裡。剛才還有些遲疑，不過買了沙發心情實在好，他直接走向櫃檯要了間房。將房間鑰匙收進外套內袋裡，回到大廳沙發等待。步美幾乎準時現身，應該是工作結束後馬上就過來了吧，還是那件深藍色外套。今天穿著裙子，底下伸出穿著平底鞋的纖纖細腿。她應該有穿絲襪，但看起來就像是沒有。

「妳還沒吃飯吧？我們上樓吃點肉之類的。」

不……月島無視步美細小的拒絕聲，推著她的肩膀走進能到樓上西式餐廳的電梯裡。

時間還早，所以店裡沒什麼客人，兩人被帶到能看見夜景的窗邊座位。月島想著，服務生會怎麼看我們呢？父女嗎？或者在飯店這種地方，年紀差異有如親子的男女組合並不少見？服務生搞不好也是那樣看我們的。但我們不一樣。就算等等要做愛，我們也不是世間之人心中所想的那種通俗關係，月島想。

「啤酒好嗎？也可以點整瓶的紅酒。」

「無酒精啤酒。」

「為什麼？無酒精啤酒只會讓食物變難吃呢。那就啤酒吧，這裡的貽貝很好吃喔，妳可以吃貝類吧？」

步美沒有回答，想來就是同意了，月島向服務生點了兩杯啤酒、貽貝之後又隨便點了幾個菜。雖然的確也是餓了，不過另一種慾望更為亢奮。

點餐的時候口袋裡的手機響起，在服務生離開以後確認了一下，來電顯示只有電話號碼。反正應該是要來採訪的吧。和步美一起的時候就不管這些了，月島把手機設定改為靜音模式。

「這樣子，我有點困擾。」

服務生拿來啤酒以後，步美並沒有喝，而是畏畏縮縮開了口。

「這樣子是指？」

就像上課時一樣，月島回問著。口袋裡的手機又震動起來。既然有顯示號碼，可能是以前有採訪過自己的人吧，真是個麻煩的傢伙。

「兩個人用餐……還有找我一個人出來之類的……」

「這有什麼好困擾的？我是想要和妳多說說話啊。不對……該說妳應該多和我說說話。妳希望小說能寫得更好吧？」

手機又震動了，月島拿出手機，和剛才是同一個號碼。乾脆把手機蓋在桌面上。

「只有上課不夠嗎？」

「妳覺得呢？我反而想問問妳。妳自己覺得只有上課夠嗎？」

原本只是想假裝煩躁的感覺，但還真的是越來越煩躁。為什麼這女人一直這樣推託呢？上次兩個人單獨見面的時候，在吧檯下握住了她的手，而她今天晚上還是來了這裡，這就表示應該了解之後會發生的事情吧。

桌上的手機又震動起來，月島抓著手機離席。走出店外，打算怒吼對方而接起電話。

「您好，我是《週刊日本》的駒井，您是月島先生沒錯吧？」

「你也太沒常識了吧！我不知道你是跟誰問到這個號碼的，沒有接電話就表示不方便接電話，這種小事你不懂嗎！」

「柴田咲步太太……結婚前是九重咲步小姐，您應該認識吧？」

「啊？」

對方似乎毫無畏懼，但聽見這名字的同時，月島也感到相當狐疑。九重咲步，當然記得了，是那個跟步美很像的女人。

「九重咲步小姐怎麼了嗎？」

「她告發月島先生對自己性騷擾的事情，關於這方面想詢問您相關事宜。」

「啊？」

月島就好像只會說這個字般重複著。記者雲淡風輕說了起來。啊？啊？眼睛低垂的柏原步美從腦袋一片混亂的月島面前離去。

第二章　七年前

月島夕里

遙說不去大學，那是在暑假第一天的晚餐桌上。我問她是否已經報名補習班的暑期講座時，遙是這樣回答我的。我沒有要升學，我畢業後還是要繼續以現在高中輕音社的樂團活動，生活費我會打工賺。樂團成員當中有人的叔父在西荻窪那裡開餐酒館，已經確定他們會雇用我當服務生。所以我今天早上出門是為了找自己住的房子。

「說什麼蠢話！」

光一憤怒地回應。最近老是見不到女兒的身影，想說難得可以一起吃晚餐了，居然是為了談這種事情！夕里明白他與其說是生氣，應該是很受傷吧。

「我已經決定了。」

遙的語氣相當平淡，真的就是「已經決定了」。她那端正的臉龐和略高的身材都和父親有些相似，不過圓潤的臉頰還有點孩子氣。發現這件事情以後，不知為何覺得看見了不該看的東西。

桌上有烤茄子、竹筴魚生魚片、番茄沙拉和糖醋肉，光一剛剛現身在餐桌旁還開心地說：「哎呀，看起來真棒！」現在才吃了點烤茄子就完全停下筷子。糖醋肉還沒有人動過，應該已經完全涼掉了吧——就算是夕里自己，在這樣的氣氛中也實在無法舉筷。

「妳給我去大學，不然太浪費了，妳的成績明明很好。」

「我沒有想在大學做的事情啊，那樣才叫浪費吧，四年耶。」

「大學就是用來找想做的事情啊。」

「所以說我想做的就是音樂啊。」

「居然說什麼音樂，不過就是一堆亂撥吉他、自己開心吵鬧的傢伙而已啊？那種東西才不是音樂，只是遊戲而已。」

「你這傢伙根本就不懂啦。」

夕里和光一都愣了一下，看著女兒。夕里想著雖然光一是說得過火了些，但還真是第一次聽見女兒叫父親「你這傢伙」。妳這是什麼語氣！光一也大聲了起來。然而大概是過於震撼，他並沒有怒吼，反而語尾還略略消失。

「有多少人類就有多少種生存方式。用學歷或公司來評價一個人，應該是最無聊的吧？你先前在接受訪談的時候，不是也一臉傲氣地這樣說嗎？看來你那時候應該要說『我女兒成績超好卻只光在那裡亂撥吉他，真是浪費』對吧。」

遙並不激動，她的語氣就像是在朗讀。夕里想著，其實女兒現在說出的話，恐怕已經是幾個月前、甚至幾年前就放在她心裡了吧。

「我就告訴你為什麼我決定不去大學吧。當然一方面是我真的想做樂團，不過最大的理由就是想要離開這個家。我不想繼續待在這個家裡了。」

丟出這句話後，遙就起身離席。桌上的菜她連一口都沒動。結果那天做的大部分料理，都裝進保鮮盒裡收進冰箱。而保鮮盒裡的東西也在幾天後被夕里發作似地全部清到了垃圾桶裡。

夕里也相當震撼——和光一的原因不同。我不想繼續待在這個家裡了。女兒說出這句話的時候，她在心中回應著：「媽也是呀。」那不是夕里的聲音，雖然很像但並不是。夕里總想著，那個聲音是假裝成我。偶爾就會聽見那個聲音，雖然有時候會裝成不知情，因為聽到了就會遭受威脅。

我只能在這裡啊，夕里發出聲音來。二十歲起就這樣決定了，不是嗎？「這裡」與其說是這個家，更該說是「光一身旁」，但反正是一樣的意思。

光一從那天起就心情非常糟。遙每天都出門，在家裡的時候會對父親完全避而不見。她會去便利商店買食物，刻意錯開時間去翻冰箱，比以前還要不親人。夕里原先擔心光一會不會發起神經來想抓著女兒坐下之類的，但他沒有這麼做，就只是相當不開心。大概也害怕女兒更加討厭自己。

「咦？妳讀完了嗎？」

遙仍然不在，似乎一大早就出門了。光一在早餐桌上詢問著。夕里回答，讀完了。為了趕今天早上完成，昨天晚上在自己的寢室裡減少睡眠時間讀完了。

「讀完的話就拿來啊。」

光一的語氣聽來簡直就像那是夕里的工作一樣……是那種上司因為屬下工作情況不佳而感到煩躁的聲音。他平常對妻子還算客氣，很少這樣尖銳。

夕里走向寢室，拿來一落稿子。那些是丈夫負責當講師的「小說講座」學生們寫的稿子。五張到四十張稿紙的小說有八篇、散文有兩篇，丈夫叫她打上A、B、C的分數，在這當中選擇兩篇來上課使用。當然用哪兩篇會由光一來選擇，但畢竟時間有限，所以由夕里先「略讀」一遍，也就是幫他分類作品有沒有閱讀價值。

光一將早餐的盤子推到一邊，放下稿子隨手翻閱著。正是因為丈夫認為夕里有評價小說和散文的能力，所以才會叫她做這種事情，但對夕里來說，就像是在等待自己所打上的ＡＢＣ接受評分。光一默默看著那些用釘書機釘起來的作品開頭和夕里的評價，一疊疊挪往旁邊。

「這篇是Ｃ？」

就快全部看完的時候，光一忽然開口說了這句話。手上拿的是標題為〈魯道夫返鄉〉的作品。九重咲步。夕里看見了旁邊作者的名字。

「是動物醫院的故事對吧？情節是挺有趣的，但當成小說就有點為難。」

「畢竟不是全部都真的吧。」

光一似乎不是對著夕里，而是對著那份稿子說話。

「是這樣嗎？」

「嗯，我想大綱應該是實際上有發生的事情，不過細節屬於創作，所以才會變成跟實際事件完全不同印象的故事。我覺得這種打造細節的方式還滿有趣的。」

「你讀過了？」

這只是簡單的疑問，不過光一看向夕里的表情卻一臉自己是被質詢。

「我在電車上看的，因為剛好放在最上面。」

夕里點點頭。心裡雖然覺得還想說點什麼卻拚命壓下，同時看見丈夫在夕里寫在九重咲步稿紙封面的「Ｃ」上拿原子筆用力劃過。

光一今天也要出門。

不是小說講座的日子——他將稿子全部裝進後背包裡出門是昨天的事情。那麼今天是要去哪裡呢？夕里沒有開口問。白天要如何度過，不需要互相干涉——以前有次光一因為夕里什麼都要問而感到煩躁、如此斥責以後，就演變成現在這樣了。雖然說是互相不干涉，但夕里別說是白天了，一整天除非要去買東西，否則幾乎都待在家裡。

夕里用吸塵器打掃家中，為了明天的晚餐先醃好牛腿肉；早上晾在陽臺上的東西也都乾了，把那些衣服都收進來折好。八年前丈夫離職的時候買下這大樓的新房，歷經這段歲月雖然也開始老舊，但總是保持著清潔整齊，再怎麼說家事方面可沒有偷懶。如今把孩子養大結束——也只能說是結束了，畢竟女兒會自己跑出去吃東西、自己出門——也就沒什麼其他事情好做。

折好的衣服分別拿到每個家人自己的房間去，自然而然和丈夫分房以後，就連家居服也都分開擺放。將丈夫的背心、內衣和T恤都放進書房的沙發床旁邊那個米色的籃子裡，快速整理了一下凌亂的床鋪，盡可能不要去看淹沒整片牆壁的書架、被電腦周遭高高疊起的書本及紙張包圍的書桌，趕緊離開。不知從何時起、也不知是為什麼，她就是不想長留在丈夫的房間裡。

最後進入遙的房間。那是在回收中心幾乎免費拿到的五斗櫃，女兒自己用水藍色的油漆上色。夕里打開抽屜，眼中看到的大概是在快時尚類型店家購買的衣服，都是些設計簡單而顏色繽紛的短褲及內衣。她知道那些有著纖細蕾絲的款式都被塞到了抽屜深處。女兒有一天會穿嗎？她會自己偷偷清洗、然後偷偷在半夜的時候晾在自己房間裡嗎？又或者是還沒有那樣的機會呢？夕里也會思考這些事情——和她在丈夫書房裡的時候不同，現在她坐在女兒的床上，努力眺望著房間的每個角落想要烙印在腦海裡。遙從十歲起就使用這個房間，一開始真的還是個孩子。夕里在房間中尋找著女兒成長的過程，她是什麼時候開始會在房間裡貼海報的呢？什麼時候開始自己選枕頭套？雖然有些凌亂卻每天開始化妝，不讓母親碰自己又是何時呢⋯⋯

床鋪旁邊立著一個黑色吉他盒，裡面應該是電吉他。夕里知道她一開始擁有的是學長姐給她的吉他，不過上了高中以後她馬上就去打工，大概是去年這個時候，她就買了新的吉他。但是她自己並沒有開心地向爸媽報告這件事情。咦，那是她買的嗎？應該是用打工的錢買的吧？大概就只有夕里和丈夫如此兩三句。那五斗櫃是一起去買的，女兒發現了那個櫃子、要求爸媽買，所以就買給她了。塗成藍色以後還叫他們來看，所以夕里和丈夫一起來房間看了。那是遙十二還是十三歲的時候。這麼說來她也是在那時候開始彈吉他的。應該是在那不久之前——一位作家過世，他所持有的古典吉他不知為何輾轉來到我們家。好像是很貴、很好的吉他喔，如果遙練習之後會彈的話就給妳吧。聽父親這麼說，女兒高聲歡呼。那就是遙開始碰「音樂」的契機，應該是五年還是六年前的事情。房間裡沒看見那把吉他，根本沒發現是哪時消失的。

我在遙現在這個年紀的時候，是在寫小說。

夕里的思緒轉回自己身上，不再去思考女兒的變化、換了路線，但她知道結果還是會往下走向一個不知道會出現什麼東西的陰暗階梯。

小時候自己想成為「寫故事的人」。知道小說家還是作家這類名稱之後，那就成為自己的人生目標。我想成為小說家、也覺得自己可以成為小說家，甚至覺得自己就是小說家。因為我總是在寫小說。

雖然有升學——非常巧的是那是光一的母校——但那並不是為了「尋找想做的事情」，而是為了寫小說。因為那間大學有當時相當稀少的創作系。不管是上課或者課外活動都在寫，大學二年級的時候我第一次將自己一百二十張稿紙的小說拿去投稿，得到了文藝雜誌的新人獎。而同時成為負責夕里編輯工作的人，就是當時在那間雜誌編輯部的光一。

第一次見面是在新宿一間大樓地下室的咖啡廳，位在大馬路旁，是他指定要去那裡的。場地非常寬廣卻充滿香菸的煙霧，明明是一個晴天的下午兩點，店家裡卻給人夜晚的印象。依照電話中所說的，目標是尋找放在桌上的文藝雜誌，他正在閱讀稿子——稍後馬上知道他在閱讀的是知名作家的稿子而非夕里的，光一抬起頭來露齒笑著說：「哎呀，妳好。」

夕里一開始就被吞沒了。光一的自信、確信並不僅僅存在他自身，面對夕里的小說他也毫無畏懼，而且他長得很帥。雖然給人感覺強烈了點，但帶有一種過往日本電影裡會出現的演員氛圍。

他以責任編輯的身分打完招呼後，便開始說起夕里拿下獎項的小說。他在電話裡說刊登到雜誌上之前，有幾個需要稍微修改的部分所以想跟夕里商量，不過夕里感覺這並非「有幾個」而是「相當多」。一談到小說，光一就變得非常嚴厲。雖然他的語氣相當嚴謹有禮，但聽起來簡直就像是在否定夕里的人格以及一路走來的生存方式。然而這時候，夕里已經完全相信這位比自己年長十五歲的編輯。

包含那篇出道作品，夕里總共寫了三篇小說。負責的編輯都是光一——雖然其他公司也有委託夕里，但因為她總是把能與光一合作的工作擺在第一順位，結果就沒能寫下去。第二篇作品並沒有第一篇那樣引發討論，第三篇作品有幾家報社和文藝雜誌有報導。只要有得到評論，光一就會影印之後用傳真傳給夕里。當中還有一篇他草草寫著「有機會拿芥川賞！」的筆記。成為候補作品的時候，作者會接到通知，但聯絡夕里的並非大獎主辦單位而是光一。雖然已經發表了候補名單，然而當中並沒有夕里的名字。這實在讓人覺得難以接受啊，與其說是講給夕里聽，光一似乎比較想說服自己。夕里也在這通電話當中向他報告，她懷了光一的孩子。

雖然是在學中，還是匆忙結了婚。大學至少是有畢業了，但沒能出席畢業典禮。因為女兒就是在那天出生的。當然也沒有試著去找工作，光一說沒有必要。一邊養小孩應該也能寫小說吧，如果認真想繼續寫下去的話，最好不要想著要兼職，必須斬斷能夠逃走的道路。

那時我是幸福的，夕里想。

能夠成為光一的妻子、生下光一的孩子，而且相信自己總有一天會成為所有人都認可的小說家。畢竟像光一這麼厲害的編輯就在我的身邊，我比任何一個新人作家、甚至是任何一個老牌作家都離他更近。

我不認為沒有寫小說的理由是光一造成的。一開始他很常開口問「最近寫了什麼？」「還沒寫嗎？」之類的，每次夕里都曖昧以對。白天要照顧孩子、做家事，晚上則是和光一做愛，每天就這樣度日。雖然很辛苦，但也很充實。根本沒有小說插入的餘地。以前不分日夜都在寫小說時的自己根本沒有其他東西，因此現在甚至覺得有些優越感。然而那種充實感不知何時開始逐漸消失，就在略略感到有些不足的時候，光一也已經不再問夕里「還沒寫嗎？」之類的問題。

但在某個時期以前，夕里還曾努力試圖動筆。無論想寫什麼、無論怎麼寫，都感覺像是模仿過去的自己，一邊尋找著過去曾有的熱情、回想撰寫小說的方式，簡直像是一路流著冷汗才寫出一篇八十張稿紙左右的中篇。將稿子拿給丈夫，他只說了聲「喔」收下，就只有這樣。別說是好是壞，就連到底讀過了沒有，光一都沒有開口。無法開口問「如何？」就只能等下去，最後夕里終於了解，什麼都沒有說就是一種回答吧。丈夫已經不在乎我的小說、也早就不在乎我了。

玄關大門被打開的同時發出了巨大聲響。

廚房裡的夕里下意識縮起身子，是遙大搖大擺地走了進來。

「我回來了。」

難得她回家的時候打了招呼，還問：「妳在幹嘛？」我在用西瓜皮做醃漬菜喔，夕里說。

女兒瞄了一眼裝著西瓜皮的大碗問：「西瓜肉沒了嗎？」告訴她沒了以後，女兒便從冰箱裡拿出麥茶倒進杯子，在餐桌邊的椅子上坐下。

夕里雖然背對著女兒在做事，卻因為想到女兒就在背後而有些不安。不知為何手上做著光一喜歡的醃漬小菜，就好像是種色情行為。

「有間還不錯的屋子，差不多要決定了。」遙遙說著。所以她是為了說這件事情才會留在這裡嗎？夕里回過頭，女兒也從椅子上轉過身來，有些尷尬地微笑著。

「我有說我要跟麻里一起住嗎？所以房租一個人是四萬五，屋子很寬敞、雖然有點半地下所以日照不是很好，但反正白天又不在家所以差不多就決定是這間了。我們還沒付訂金，對方說可以幫我們保留到明天。那個是叫什麼初期費用嗎？就是訂金、頭期款、要給仲介的手續費之類的……總共要六個月左右，就算折半了手頭還是有點不夠，可以幫我出嗎？我一定會用一開始的打工費用還的。」

所以才這樣低聲下氣嗎？一方面覺得結果女兒還是要來依靠爸媽實在可愛，但一方面不知為何又有近似憎恨的情感膨脹到幾乎等量。

「這當然不可能啊。」夕里說：「妳爸不可能給妳的吧。」

「所以我才跟媽說啊，大概五萬而已。」

女兒臉上的微笑馬上就消失了。

「媽妳連這點錢都沒有嗎？」

「我不是在說這個。」

夕里猛然大聲了起來。遙也毫無畏懼地瞪了過來。眼睛上方整齊的劉海、長度到手肘左右的直髮，穿著幾乎貼在那細長腿上的牛仔褲，以及一樣貼身的粉紅色T恤。T恤圖樣是握手男性們的剪影和「Wish You Were Here」。遙的嘴唇上塗著亮閃閃的紅色唇蜜，現在才發現她還畫了眼線，是能夠強調眼睛細長的黑色線條，因此與其說是可愛，看起來比較應該用美麗來形容，當然也很有囂張的感覺。那雙眼睛裡面的東西是什麼呢？看起來不像怒氣，更像是嘲笑吧？

「爸出軌喔，應該是。」

遙為了搶得先機而在母親開口前就說出這句話。

「什麼？」

腦中瞬間不知為何浮現了「C」的文字，以及說著「這篇是C？」的光一聲音。寫那篇小說的是女性，叫什麼來著呢——那個動物醫院的護士。

「他跟一個女人在井之頭公園散步，明明就有看到我還裝不知道。所以我先前也沒講就是了。」

「在井之頭公園的話，應該是小說講座的學生吧。」

「就兩個人？而且那附近有賓館耶，他們是朝那邊走的，可能就是這樣才假裝沒看到我吧。」

「怎麼這樣說……又不是只有飯店在那邊，應該是在講小說比較困難的事情吧，所以才會沒看到妳。」

「就說他一定有看到我了啊。小友也是這麼說的，覺得看起來好奇怪。」

「小友跟妳一起？那是什麼時候？」

「三年前左右吧，補習班下課。我覺得感覺好差所以一直都沒說。」

這樣的話就不是那個護士了。因為腦中這樣想著，所以不知道該怎麼回答。看見母親這樣的態度，遙似乎有些後悔，拋下一句「隨便啦不是很重要」。

電話響了起來，來自夕里放在廚房吧檯邊的手機，是光一打來的。

「今天會晚些，不需要準備晚餐。還有幫我錄個節目，BS臺晚上十點的。電視臺的人有聯絡我，說之前電話採訪的那個今天會播。」

說著我知道了並掛掉電話，回頭已不見女兒身影。

那個節目的主角是小荒間洋子。

夕里曾經見過她，是光一小說講座的學生，在上課時期就拿到文藝雜誌的新人獎，幾年後又得到芥川賞。除了獲獎的作品以外，之後出版的書籍雖然是純文學領域卻意外大賣。由於她結婚沒多久後丈夫就出了交通意外身亡，這個經歷也讓她經常出現在媒體上。光一的講座先前也有好幾個拿到新人獎的學生，所以講座的評價一直很好，不過學生數量突然大增可以說是託了她的福。

那是個紀錄片節目，每個月都會密集採訪當下熱門人物，介紹那個人成名的契機和生活方式等。一開始的場景是小荒間洋子在森林中散步好一會兒，極短的金棕色髮型、占據臉龐一大半的大圓眼鏡、紅唇、圖樣誇張的民族服飾風格洋裝、赤腳穿著拖鞋。夕里眼中覺得她雖然沒有開口卻是一種想說些什麼的感覺。她似乎改建了自己在岩手縣的老家，目前一個人在那裡獨居。沒有孩子（還沒來得及懷孕，丈夫就死了）。在東京的青山有租借工作室，經常往來兩地——

「……哎呀，就是覺得心情不穩定。在這裡反而會覺得不安，該怎麼說呢？一旦人待在岩手，就覺得熱血沸騰嗎？或者說是自己內心的惡劣東西會一直想著要冒出來那種感覺。但畢竟還是需要呢，為了寫小說就是需要。」

那紅唇緩緩動著，小荒間洋子正在說話。夕里能感受到這種話是從光一那裡學來的。背景換到屋子裡，她在陰暗卻寬敞的廚房裡將波旁酒倒入兩個小玻璃杯。接下來拿著兩個杯子前往大概是書房的房間，在草綠色油漆已有些斑駁的牆面裝飾板上的相框旁邊，放了一個杯子。大概是她丈夫的照片吧？她對著照片舉杯說聲「乾杯」，又轉過來對著鏡頭「啊哈哈」笑了起來。

「現在想想好像很奇怪，但是要報名小說講座，還真的是相當需要勇氣。因為總覺得這樣就會搞清楚自己究竟有沒有才能呢。才能啊……又該怎麼說？是他發現了我的才能、或是我原本沒有卻因此產生才能、又或者是我那微薄的才能得以獲得成長呢？我實在也不是很確定，不過那肯定是個轉機。我和月島老師的相遇是……」

畫面切換成光一上課中的影像。字幕也打出文化中心的名字和「小說講座講師・月島光一」。這應該是以前NHK去採訪時的影像吧。他一手拿著學生稿件的影本，另一手在白板上寫字。用一個圓圈起「現實」，拉個箭頭指向「創作」。接著咚咚咚地動手在「現實」上面加上「自己的」。

「這不是指一般的現實，而是指自己、你本身的現實。最糟糕的就是讓自己的現實去配合一般的現實。也就是下意識去思考一般應該會這樣吧？所以事情就是這樣發生的，把事件嵌進一個框架當中。這樣無論描寫得有多好，都會變成一種似曾見過的東西。」

在結婚前，負責的編輯也曾經對夕里說過這樣的建議。不，根本就完全一樣。但是電視中流瀉出來的光一的話語，完全沒有那時候的感動與恍然大悟。為什麼呢？是因為我已經不寫小說了嗎？光一的說話方式相當高明——包含因為過於熱情而有些拉高的聲音，還有偶爾哽住的那種停頓。讓人感覺到演技真好。當然會變得這麼好也是理所當然，畢竟他辭掉公司以後，已經在文化中心當了七、八年的講師。就算是一種表演，那也是月島光一在演月島光一，當然沒問題。

鏡頭轉向學生們，一個個照過去，接著來到小荒間洋子。這時候她已經拿到新人獎，不過還沒得到芥川賞，超短的頭髮還是黑色的、也沒戴眼鏡。她相當認真地盯著光一，寫筆記的手也飛快挪動，接下來又聽見光一的聲音。

「當初我就覺得，這太棒了。第一次讀她的小說的感想就是這樣。不是有人會說什麼打磨後就會發光的原石嗎？她甚至讓我覺得是一不小心她就會打過來的原石呢……哎呀，這不好笑，我可是抱持著這樣的緊張感在教學的。我也學到了不少。感覺不像是指導她，說不定是我們兩個人的對決呢。」

夕里從沙發上起身，畢竟有錄影，應該沒必要一直看吧。回頭發現遙就在身後。今天晚上吃飯的時候也沒看見她，不知是何時在此的。女兒是從何時看著母親在看的電視畫面呢？

「妳不看了嗎？」

遙開口問道。這次很明顯是嘲諷加上憐憫的表情呢，夕里想。

夕里進到寢室——那原先是夫妻兩人的寢室，不過現在只有自己一個人——已經快要半夜十二點。

兩人之間沒有性生活已經六、七年了。應該就是自從光一成為小說講座的講師以後吧。一開始推託說是辭掉公司之後壓力很大，後來說開始做講師這種新工作壓力很大之類的，夕里也覺得應該真的是這樣吧，心想只不過是一時的事情。完全沒想到才三十幾歲，丈夫就不再索求自己了。但是兩人相遇至今都已經過了十幾年，早就不是二十出頭了——換句話說就是那樣吧。一旦接受了這個事實，就比先前輕鬆很多。夕里想，我們是太早結婚了。一般夫妻結婚後幾十年才會發生的事情，這麼早就開始了。在理解自己的人生已經失去性生活以後，心想似乎也不是那麼糟。男人和女人的身體結構不同。丈夫或許偶爾還是會在某處排解他那類需求，這樣也沒關係。應該是麻將、賽馬、吸菸之類的——雖然光一並沒有這些興趣——但應該很接近吧。只要能夠維持適量，那麼不管是麻將、賽馬還是吸菸都威脅不到我。

玄關傳來聲響，是光一回來了吧。雖然不知道他去哪裡做了些什麼，但是比昨天早些。講座之後他總是會和學生們去喝酒，興致來了還會續到第二甚至第三攤。

見到小荒間洋子的那天，夕里也去了最初開始的第一間店。那大概是光一難得有的興致吧——那天是夕里三十七歲生日（所以是四年前），他說畢竟我沒準備生日禮物，取而代之妳要不要來看看我上課的樣子呢？取而代之？夕里忍不住苦笑起來，但聽見他邀自己還是很高興，所以還特地打扮一番才過去。當然他也說要是坐在前排很難講課，所以夕里就坐在最後一排邊角，而光一在上課前說：「今天我太太也來了，因為是她的生日，所以就把我的課程當成禮物送給她。」夕里站起來和大家打個招呼，學生也一片掌聲。

之後她便緊張地聆聽著丈夫上課。夕里想起了當時的自己確實遭到嘲笑與憐憫，那時候自己一定想著或許光一還需要自己的意見。說老實話，夕里心中一直想著他會在某個時間點介紹說我老婆是小說家喔。至少應該會說以前是小說家、曾經寫過小說之類的吧？但光一什麼都沒說。後來與學生們一起在居酒屋聚餐，光一雖然率先舉杯說「生日快樂！」，但還是半句都沒提到夕里寫過小說的事情。那時候學生們的表情——尤其是小荒間洋子，雖然嘴上都說著您有位好太太、兩位很恩愛呢之類的話語，卻相當輕視我。

為什麼會想起這種事情呢？閉上眼睛想辦法讓自己睡去的夕里想著。那時候我有考慮和光一分手呢，那個聲音回答。明明他不再和我做愛以後我也沒想過要分手的，那時候卻想要分手。他把我寫過小說這點當成從未發生之事的時候，當我被認定為沒寫小說之人的時候。

但卻分不了手。

夕里想著，是因為我還是喜歡丈夫，所以才無法分手的。不對，那聲音又說。是因為知道自己就算分手也已經無法再寫小說，所以才分不了手。因為很清楚自己已經無法成為小說家了。如果不再是光一的妻子，那就什麼都不是了。

「也好吧。」

第二天，光一說。以昨晚的回家時間來說他起床仍然算是挺晚的，就連平常不太積極想喝的那個蔬果汁，也自己從冰箱裡拿出來，咕嘟咕嘟大口喝著。

「我是說遙，不管是她要升學還是想自己住，看她想怎樣就怎樣也好。」

「怎麼忽然這麼說？」

夕里雖然臉上保持微笑，卻感受到自己的聲音略略顫抖。光一應該沒發現吧？感覺光一的心思似乎都在其他事情上。而且也不是我們現在談的女兒的事情——是和我們家族毫無關係的某件事情或某個人。

「哎呀，那傢伙之前不是說了很多嗎，我也一直在思考那些事情。想想也是啦，學歷也是滿無聊的。不管是音樂還是什麼，她想做就去做吧。就算是失敗了，反正她也才十八歲而已，總還有挽回的機會。」

夕里一語不發心想著，不行。真不想將那種自由給那女孩——不想給任何人。

「妳反對嗎？」

「不。」

既然他問了，當然是這樣回答。而且夕里已經沒有在思考女兒的事情，腦中是丈夫的氣味。

丈夫有個氣味——他回家之後應該沖過澡了，也沒有抹平常用的髮膠之類的東西，卻有個比平常還要濃郁的氣味。他昨天和女人睡過了。夕里體內的聲音開口。

「真不愧是月島光一呢。」

夕里開口說出的卻是這句話。光一愣了愣，馬上又一臉開心。想來他認為這是我的真心話而毫不懷疑。沒錯，這是我的真心話，夕里想。而且我喜歡這個氣味，因為這是丈夫的氣味、成功男人的氣味、一個卓越指導者的氣味。

九重咲步

正在思考手的事情，便忽然有人抓住了自己的手。因為實在過於震驚所以連聲音都發不出來，不過回頭的時候表情一定很可怕。

「哎呀，對不起。」

抓住自己的人也一臉錯愕地道歉。是加納太太，在小說講座認識的一位年長女性。

「該不會以為我是色狼吧？」

「不不……我剛好在發呆，真是不好意思。」

晚上八點多，這裡是有兩條鐵路路線交會、可以轉車的車站內。咲步剛從動物醫院下班，在回家的路上。今天沒有發生什麼問題、也沒有急診患者，所以比平常早了許多時間離開醫院。

加納太太說她剛才去年邁母親所在的養老院，正好要回家，兩人站著說了一會兒話以後決定就在這站出去吃個飯。是咲步開口邀請對方。畢竟兩人原先也不是那麼熟稔，加納太太似乎有些遲疑，不過一起走出車站一會兒，她就指著感覺似乎相當時髦的居酒屋說：「那裡如何？」

由於是平常日，店裡並沒有非常擁擠。店員詢問要坐一般桌子還是櫃檯，咲步說坐桌子吧。會知道加納太太有點酒量，是因為講座後的聚餐她也會來。咲步酒量雖然普通，但還是為了配合她而點了兩大杯生啤酒。餐點方面則因為加納太太似乎頗有一套，所以交給她開心選擇。

「偶爾來這種地方也很不錯呢，真開心妳邀我來。」

乾杯之後加納太太微笑地說著。她年過六十，現在是家庭主婦，不過以前應該在國中擔任國文老師。不管是在上課還是聚餐的時候，雖然她並不是很積極，但只要徵求她的意見，她就會說出非常適當、讓人覺得腦袋清晰的內容。說不定可以告訴這種人，咲步再次思考著。

「聚餐的時候，我和九重小姐總是坐得很遠呢。」

「是啊。」

「九重小姐畢竟受到老師喜愛，所以都在上座。我呢，畢竟是劣等生，所以盡可能坐得離老師遠一點好。」

「沒有那回事……」

加納太太的表情相當天真，完全不像是在挑釁。但咲步的心情還是變得沉重了些，想說出口的話就這樣卡在喉頭。

「九重小姐是動物醫院的護理師對吧。」

「是的。」

「想來妳應該挺忙的，但總是努力寫作真的很厲害呢。而且內容也很有趣，這就是有才能吧。妳知道嗎？月島老師看上誰有前途就會叫那個人的名字喔。像我這種人，他連我的姓氏都不知道有沒有記住呢。」

「沒有那回事的。」

哎呀，加納太太忽然說著「得打個電話給老公」後起身離席。就在此時，店家送來了裝在大碗中的沙拉和鹽烤串燒等東西，咲步低頭看著這些東西，覺得並不是它們該有的樣子。咲步。來啊，咲步，過來坐在這兒啊，咲步。耳中聽見的是月島喊自己名字的聲音。是因為我是「看上去有前途的人」嗎？是這樣嗎？

哎呀，妳可以先吃的啊。加納太太回到座位時說著。之後好一會兒兩人有一句沒一句聊著，像是住在哪兒、出身何處、家庭成員等等。

「妳沒有男朋友嗎？」

聊著就問到這種問題。沒有啊，咲步回答。與在專科學校時代交往的人自然淡去以後，已經過了一年多。

「哎呀，太可惜啦，戀愛應該要盡量談啊，月島老師也是這麼說的吧？不管是無聊的戀愛、糟糕的戀愛，都比沒談戀愛好，因為會成為小說的糧食。咲步小姐是個美女應該很受歡迎啊。還是因為要工作又要寫小說，都沒有空？」

加納太太一邊說話的同時，幾乎不經思考就將雞絞肉丸子從竹籤上取下，用筷子的背面分成兩半以後，把一半放在咲步的盤子上。

「不過啊……月島老師很棒嘛，這樣看男人會變得更嚴厲呢。」

「那個……」

咲步開口。加納太太轉了轉眼睛看著咲步。還來得及。在內心責備竟想著現在還能聊其他話題的自己，咲步努力吐出話語。

「一般來說，老師會打電話給學生嗎？」

「咦？」

加納太太看起來心情還是很好。

「先前我接到月島老師的電話，是打到我的手機。號碼大概是從辦公室的人那裡問來的，這樣子沒有問題嗎？」

「畢竟是個人資訊，照理說辦公室應該要先取得妳的同意。不過對方是月島老師嘛，我想應該沒關係吧？」

「這樣啊。」

「真好，老師居然會自己打電話給妳。應該是談小說的感想之類的吧？」

「呃……唔，這樣嗎？可是……」

「九重小姐是不是會成為第二個小荒間洋子呢？」

忽然聽見這個名字，咲步思索著該如何回應。

「妳知道吧？小荒間小姐，拿芥川賞的。」

「嗯，當然，她以前也是講座學生吧。」

「沒錯，我曾經和她上同一期課程，雖然已經是四、五年前的事情了。哎呀我可是老同學了呢，因為家裡的事情所以上課也斷斷續續就是了……那個小荒間小姐啊，也是給人感覺很特別。老師也是都叫她洋子、洋子啊，除了一般上課時間以外，好像也有個人指導之類的吧。聚餐的時候也是他們兩個人一直講話，或者他們兩個自己去續攤之類的……然後碰地她就拿了芥川賞。九重小姐應該也會這樣吧？」

「不會吧。」

小荒間洋子也是這樣嗎？她也是「兩個人去續攤」嗎？這樣不是很奇怪嗎？自己沒有告知電話號碼，對方卻擅自查了號碼還打過來，是值得「羨慕」的嗎？

「老師的熱心程度和那時候一樣呢。加油！妳也要拿下獎項喔，成為職業作家。這樣的話我就可以跟別人自豪今天晚上的事情了。」

加納太太輕笑著，咲步也笑了。此時有學生團體進來，店裡忽然變得非常熱鬧。之後兩人又待了大概一小時左右。加納太太有些醉了，開始說起母親在養老院的待遇、以及抱怨丈夫對這件事情絲毫不關心等等。咲步不時下意識地摸摸自己左手上臂，已經不再開口談自己想說的事情。

早上第一個進醫院的是魯道夫。

但其實只有咲步在心裡這麼喊，牠真正的名字是朔太郎。先前寫好的小說當中，魯道夫是迷了路而被人收留的狗狗，不過朔太郎是出生在愛心收留團體的庇護所內，從幼犬時代就去了飼主瀨尾家。

「狗食、洗髮精、那個眼藥水還有《愛心通訊》麻煩了。」

瀨尾家——今天來的是太太，正越過櫃檯神清氣爽地喊著。西班牙獵犬混血種的朔太郎相當有禮貌地坐在一旁。上星期就已經接到電話訂單，說是今天起要去避暑，所以會離開東京。

「《愛心通訊》目前還沒有新一期喔。」

咲步拿著事前準備好的袋子繞到櫃檯外說著，抱住跳過來的朔太郎並摸了摸牠的頭。這孩子雖然已經超過十歲，卻是只在定期健康檢查和疫苗接種才進過診療室的健康優良寶寶。

「哎呀，我很期待呢。」

「真抱歉，我想你們回東京的時候應該就有下一期了。」

「我可是因為有那個才會來這間醫院的呢。」

瀨尾太太似乎也覺得自己說得太誇張，又加了句「開玩笑的啦」然後哈哈大笑，真是豪爽又直截了當的人。不過在家裡或許會不一樣，就算仍然相同，心中或許也是其他樣貌。這種想法正是書寫〈魯道夫返鄉〉的契機。當然就算是瀨尾太太自己讀了，恐怕也不會發現是在寫自己吧——

「這麼說來，最近這裡好空蕩呢。」

瀨尾太太和朔太郎離去以後，同事吉田指了指櫃檯邊邊。咲步製作的《愛心通訊》總是疊放在那裡。

「最近有點忙。」

「私生活很忙啊？這樣很好啊。」

吉田呵呵笑著。大家都會笑，咲步想。大家都在笑，所以大概沒問題吧，或許什麼事情都沒發生。

自己製作然後放在醫院裡的《愛心通訊》，其實要寫的話也不是沒有時間。如果單論時間，那麼比起撰寫要提交給小說講座的〈魯道夫返鄉〉的時候還要充裕許多——那時候不知為何一直有緊急手術，為了幫動物患者進行術後管理還常留宿在醫院裡。現在單純是腦中的空間不足。就算想要思考《愛心通訊》的內容，也忍不住就想起其他事情。明明忍不住要想，卻又不願意去好好思考，所以從邊緣覆蓋起一層陰暗的灰塵。最近一直都是腦袋裡塞滿了那片灰塵的感覺。

制服口袋裡的手機震動了起來，不是醫院聯絡專用的工作手機，而是私人那支。咲步緊張兮兮拿了出來，那是封簡訊，看到是加納太太傳來的不禁鬆了口氣。兩個人昨天確實有交換信箱位址。

正好閒了下來所以點開來看，心中略略有幾分期待——或許她回家後回想我的話語和態度，察覺了什麼也不一定。但是簡訊內容卻是「昨天真開心，謝謝妳！講座見囉」。咲步失望打下「我也很開心！」一行，正打算傳出簡訊才想到，對方怎麼可能會發現呢？我完全沒說到重點啊，因為我也笑了。或許加納太太還會覺得我是在自豪月島老師打電話給我呢。

醫師拿了病歷表過來，咲步開始包藥。但腦中一直想著自己的左手上臂，雖然工作的時候不會真的去碰，月島觸碰那裡的感覺一直沒有消失——反而越來越清晰。

咲步是去年四月開始報名參加「小說講座」的課程，一開始還擔心要用掉自己珍貴的假日去上課，不知道能否堅持下去，結果這一年多以來沒有缺席過一堂課。這肯定也是因為月島。提交的作品越來越常被使用在課堂上，只要聽見「裡面有非常不錯的東西」、「越寫越好了呢」之類的話語，就是一種相當大的鼓勵、也會更有幹勁。

講座後的聚餐也從不缺席，而且剛開始月島喊著「咲步過來坐這裡」的時候確實也很開心。

然而每次都這樣，就會開始有些不安，為什麼總是只叫自己。後來變成剛到居酒屋包廂，大家就會說「九重要坐那邊吧」，然後催她去月島旁邊的座位。聚餐的時候雖然也會談小說或者一些無關緊要的事情，但是在那時候月島並不會對著咲步個人說些什麼特別的東西。即使如此，咲步還是得要坐在那裡。實際上就是她無法和月島以外的人說話，單純由月島為自己倒酒、然後陪月島喝酒而已。咲步實在無法忍受這種詭異感，所以上星期就沒有參加聚餐，下課後直接回家了。

咲步和爸媽一起住，那天晚上與客廳中正在看電視的爸媽稍微聊聊，翻找冰箱裡還能吃的東西隨便果腹，洗了澡便回去自己的房間。因為選擇不參加聚餐，所以覺得稍微輕鬆了些，在學生時代便開始使用的書桌前坐下，久違地翻開紅色筆記本。再次閱讀那些以前寫下的短文，又開始想寫新的故事。就算覺得有些詭異，也沒想過要停掉小說講座的課程。咲步喜歡動物醫院護理師這個工作，也覺得相當有意義，但開始寫小說以後就覺得在自己心中打造出另一個房間，而且感覺那房間就是自己過往一直在尋找的場所。而那個場所現在與小說講座的教室是重疊在一起的。上了月島的課、聆聽月島的建議、接受他的批評與褒獎，就更加無法放下那個房間。

《愛心通訊》上面刊載的貼身雜記，在腦中隱約成形。就在此時，手機響了。都已經過了晚上十一點，而且是不認識的電話號碼。後來想過好幾次，實在不應該接起來。

「咲步嗎？我是月島。」

那是因酒醉而混濁的聲音。時間上應該是續攤差不多結束了，但咲步心想他大概還在喝吧。

「妳在家？」

「是的。」

「我到附近了，妳能出來一趟嗎？我有很多想跟妳說的事情，昨天就一直在想說畢竟上課的時候不能只拿妳的小說上課，所以聚餐的時候再跟妳說好了，沒想到妳就這樣回家了，嚇了我一跳。可以的話我想今天跟妳談一談，畢竟算是今天課程的延續，下次的話會變成又要從頭說起。」

「您現在在哪裡呢？」

「站前的小酒店。妳知道『月河』在哪裡嗎？」

雖然不知道還是問了地點，咲步連忙打理好自己、走出家門。沒辦法拒絕——月島可是為了咲步而花費時間準備，還特地在這麼晚的時間來到咲步家附近。沿著鐵軌旁老舊的三連棟屋子一角，抬頭的確有個小小的看板。走上狹窄的階梯，有些畏縮地打開那讓人無法看透店內的黑色門板。月島原先坐在櫃檯，發現咲步來了以後便坐到店內深處唯一的包廂。

兩人在那裡待了大約一小時，櫃檯後只有一個男性店員，並沒有其他客人。月島點了幾杯波旁酒，咲步則把一開始點的啤酒玻璃杯放在一旁，確實此時月島談的都是小說的事情。但是月島已經喝了不少，說起話來有些難懂，而且在店家角落的沙發上，他不是坐在咲步對面而是旁邊，兩人之間的距離太近，咲步根本無法專心。

「咲步妳在害怕什麼呢？」

月島拍了拍咲步的肩膀，手就這樣往下滑到手腕的地方。咲步穿著T恤和牛仔褲，但因為匆忙出門根本沒有多想，因此穿的是袖子較短的款式，也就是月島碰觸的部分都是裸露的肌膚。這樣是不是有點涼？會冷嗎？月島說著便抓住咲步的上臂並且上下滑動。就在此時，店員過來說「差不多是關店的時間了」，咲步一個扭身逃開那隻手。

在月島結帳的時候，咲步離開店家走下樓梯。雖然後來才想到應該要開口說自己的部分自己付款就好，但那時候不想和月島一起走下那麼狹窄的樓梯這念頭占據了整個腦袋。在樓下等待的時候，月島搖搖晃晃地下樓來。謝謝您，我沒有跟爸媽報告所以就先回去了。咲步說完馬上轉身背過月島，雖然原先只是快步離去，但一過了轉角就無法壓抑自己、馬上全力衝刺奔跑了起來。因為總覺得背後會傳來叫聲，剛才被抓住的地方又會再次被他抓住。

恐懼。沒錯，那是恐懼，咲步想著。我想告訴加納太太的並不是辦公室把學生的電話透露給講師到底有沒有錯、學生接到講師的電話到底是不是一般情況，我想說的是那個夜晚感受到的恐懼。

手機又響了，那不是簡訊而是一通電話。來電對象卻有些令人意外。

星期六咲步比平常早了些出門。

一抵達文化中心那棟大樓的五樓，便直直朝辦公室走去。隔著櫃檯的玻璃窗就看見月島在裡面，她敲了敲門喊著：「老師！」

「哎呀，咲步，早啊。」

月島一臉笑容地招招手。表情彷彿已經完全忘記上星期在那三連棟老屋前陰暗小巷揮別之事。對於咲步來說，現在也還有更重要的事情。

「老師，我的小說進入候補了。雖然是地方上的小獎項，但昨天主辦聯絡我說我的作品被選在候選名單八篇當中。」

「真的嗎？是什麼？什麼獎項，妳哪時投稿的？」

月島雙眼閃閃發光。那是隔壁市鎮為了振興市區而舉辦的獎項，條件是以該市相當有名的寺廟和旁邊的植物公園做為作品舞臺，募集的是十張稿紙內的短篇故事。咲步剛好看到車上的廣告宣傳，所以試著寫了寄過去。

「我想應該只是保險起見才會聯絡我，不過能進入候選我就很開心了……」

月島聽著咲步說明，在辦公室的電腦裡敲打起鍵盤，開始搜尋獎項名稱。找到網頁後稍微瀏覽一下內容，念出評審三位小說家的名字，同時高聲說著「很不錯哪」。

「妳有帶著作品的影本嗎？」

「有！」

月島有如領獎狀般兩手接下咲步遞出的稿子，然後抬頭看著咲步，露出了大大的笑容。咲步感受到身體內的黑色雲朵逐漸散去，因為月島的臉龐毫無疑問是真的很開心，月島老師真的很喜歡小說呢，咲步想著。老師是真的非常認真思考我們的事情、還有我們寫小說的事情。

那天的課程以咲步的小說做為主題，除了先前提交的〈魯道夫返鄉〉以外，又臨時加入被列為候選的十張稿紙小說做為教材。雖然來自學生的講評也有些比較嚴厲的意見，但今天無論何種話語都讓咲步感覺心情舒適。月島回應他們的所有意見和解說，都會成為自己的血肉——就像是自己心中那個重要房間增添了幾件家具。這是第一次投稿給獎項單位，根本沒想過可以被列入候選。知道自己的作品成為候選後那瞬間的興奮與喜悅，取代了在咲步的心中逐漸繁殖增生的黑色雲朵。咲步心情非常亢奮，能夠寫出被列為候選的小說，也是因為來上這堂課、接受月島的指導。

所以課程後的聚餐她去參加了，理所當然坐在月島旁邊，不過今天這樣想想也是理所當然。「希望獲獎！」月島高聲舉杯。之後一如往常聊著小說的事情、隨意聊天，但咲步並不覺得在月島旁邊令她感到不舒服。不管是什麼話題都和小說緊緊相扣，咲步想。就跟月島說的一樣，是否能夠從周遭發生的事情找到故事、或者找不到，都看妳自己。月島不時像是忽然想起來似地轉向咲步，沒頭沒尾說著「妳寫了好東西呢」、「或許能夠得獎喔」之類的話。咲步想著，他的表情和聲音當中帶著的熱情，真是毫無戒心哪。此時的咲步完全沒有回想起上週感受到的恐懼。

咲步沒有去續攤。畢竟在第一間店就已經醉了，而且先前也都沒有去，但回到家裡才發現自己想和月島再多說些話。所以第二天月島打電話來說「昨天還有些話沒說」的時候，咲步便回答「我也是」。

兩人約在飯店的大廳，那是在中央線沿線的車站，雖然不遠但是咲步沒有去過那站。可能是這樣他才指定在比較好找的地方吧。下午三點，姑且不論自己，就算月島有喝酒，應該也不會太晚。咲步告訴母親自己在晚餐前就會回家。

進了七月以後每天都炎熱無比，咲步穿著長袖襯衫和麻質長裙。會穿長裙是因為若要進入飯店的餐廳，感覺牛仔褲似乎不太好，而上衣選擇長袖則是因為上週手臂被抓住那種感覺又猛然浮現。但這倒也沒有什麼好不安的。

月島已經到了，正在等她，發現咲步來了以後便舉起手打著招呼。雖然臉上是笑容，但和昨天的表情有些不一樣，這是咲步的感覺。或許是因為他剛才打招呼說的那聲「嗨」當中帶了幾分緊張。但這些印象都是事後回想的感受，咲步心中有一部分在那時是封閉的。想要相信月島的心情就像是幫自己打了麻醉藥，從枝微末節處緩緩麻痺她。

「走吧。」

在咲步於大廳沙發坐下前，月島已經起身。咲步追上他那匆忙的腳步，總覺得月島似乎在生什麼氣。是我太多心了吧——我又沒有遲到。在等待電梯的期間他也一語不發，上樓電梯來了之後他就進去了。咲步想著大概是餐廳或咖啡廳在樓上吧，電梯裡沒有類似的標示，不過應該有，而且月島知道。

在八樓出了電梯，月島先跨步走向那一整排客房房間大門並列的走廊。就連在他把八一二號房的房卡插進房門時，麻痺的部分都還想著或許這裡是會員制的酒吧之類的地方——怎麼可能啊！心中絕大部分是明白的，但咲步麻痺的部分卻要其他部分遵從指示。

那是一般旅館的普通房間，床鋪占據了房間的大部分空間。妳坐啊。月島還是用那種略帶怒氣的聲音說著，咲步在床邊坐下。畢竟能坐的地方只有窗邊那張單人沙發，如果要在這裡進行個人課程，那麼月島應該要坐沙發吧。但是月島沒去坐沙發，而是坐在咲步旁邊，忽然就抓住咲步的兩手，將臉靠了過來。

咲步猛然將臉別開，但是對方的體重卻壓了上來，而她也倒在床上。月島的髮膠氣味相當強烈。太好啦，咲步，真是太好了。月島似乎這麼說著。是說作品成為候選的事情嗎？所以他才這麼做嗎？月島的手抓住咲步的胸部，另一隻手則一邊摸著大腿、把裙子掀了起來。就連內褲被他拉下來的時候，咲步都沒有抵抗。畢竟月島老師很高興。他為此而特別把今天空出來給我，是我自己跟著他來這房間的。這件事情結束之後他就會跟我聊小說的事情。現在做這種事情，可能也是為了小說。個人的現實，沒錯，這是個人的現實，不可以想成一般的事情。

就連月島的陰莖塞進來的時候，咲步一邊忍受著陰道痙攣的痛苦而扭曲著面孔，都還在細數自己和他性交的理由。

第三章　現在

三枝真人

就是不行。

性事方面。不像以前那麼有興致和奈穗做。十天前確定將會被某公司錄取，也告訴奈穗了，就是那之後吧，真人想著。她說恭喜、太好了的聲音根本不是多開心。想來是因為自己預定就職的公司不如她心中所想吧。

「等等，抱歉。等等。」

正要插入時卻突然被推了一把阻止。奈穗合攏膝頭側躺了下來也就沒辦法繼續，真人跪在床上一臉呆滯，喃喃念著：「怎樣啦？」

「會痛。」

「咦？怎麼會？」

真人開口的同時內心想著，妳又不是處女，而且我根本還沒放進去。

「根本就沒有潤滑，絕對會痛。我先前一直忍耐著但真的不行了。我們談談好嗎？」

奈穗坐起身子拿毯子遮住自己的身體，面向真人。真人無可奈何只能乖乖在床邊坐好，當然已經軟了。

「總覺得你最近……該說是有些粗暴嗎，應該可以再溫柔一點吧？」

這裡是奈穗的屋子，兩人從半年前開始交往。真人是另一間大學的二年級學生，兩個人是因為輕音樂社團活動而認識的。雖然對方的大學和容貌都是「中下」等級，不過真人自己的程度也好不到哪裡去，所以並沒有不滿——至少目前為止是這樣。

「我很溫柔了啊。」

最近的女人老是這樣，馬上就說什麼「我們談談好嗎」之類的。難不成是女性雜誌還是網路新聞上教她們這麼做嗎？

「一點都不溫柔，你只顧自己啊。做愛是兩個人的事情吧。」

「啊？當然是兩個人做啊。」

電話鈴聲響起，來自真人脫下後丟在床邊的牛仔褲口袋中的手機。看了一下是哥哥圭一打來的。雖然不是特別想說話的對象，不過還是有種得救了的感覺，真人接起電話。

圭一的開場白是這樣的：「我覺得還是跟你說一聲比較好。」他似乎正在看臉書。畢竟奈穗也在，不好問太多問題，所以只講了五分鐘電話。掛掉電話穿上內衣，趁著還沒忘記圭一告知的場所，先打開筆記程式打字。回頭看向床舖，奈穗維持剛才的樣子看著真人。

「幹嘛，怎麼還不穿衣服？我要回去了。」

真人丟下這句話後迅速穿上衣服。

星期天真人起床的時候，圭一已經出門了，似乎是與客戶打高爾夫球。哥哥面貌與母親相近因此算是個帥哥、體格也好，當然也就有一定的社交力，快快樂樂做著建商的業務。

「哎呀，今天怎麼啦？」

母親會這樣問，是因為真人穿著西裝。是黑色的面試用套裝，畢竟現在就只有這麼一套。

「學校有點事情。」

雖然這完全不構成說明，但母親還是回答：「哎呀，這樣啊。」並不是只有今天才這樣，她一直都是如此。國高中的時候真人幾乎都不與母親對話，所以只要有開口回答，她就很滿足了。真人在桌旁坐下，悄悄觀察著母親。完全沒有毛躁感、也沒有消沉的感覺，或許那件事情母親還沒有聽說。

鋪著水藍色格子桌巾的餐桌另一邊，父親正盯著報紙看，並沒有抬頭。預定就職的零件製造商是父親公司的客戶，幾乎是去面試的時候就確定會錄用真人。父親大概覺得自己的工作已經結束了吧。

「你哥也會回來，這麼難得要不要吃壽喜燒呢？」

母親支支吾吾的，因為真人和父親都沒有回答。不知道他們兩人獨處的時候情況如何，不過父親最近似乎不再體貼母親了。真人想著，應該是因為劣化了吧。母親年輕的時候實在是漂亮得令人自豪，如今年過五十也就是個略為豐腴的老太婆了。在髮型和服裝上盡可能打造成年輕風格、有時候還會試著減肥實在相當滑稽，反而讓人更覺得看起來可憐。父親比母親年輕五歲，就算扣除這個差距，自信和氣度之類的也能夠掩飾老化。母親已經一無所有——畢竟一開始就只是個臉長得好看的女人。但她可是靠那張臉賺到父親，現在住在獨棟房屋不需要擔心生活，只能說可以派上用場的東西也都用掉了吧。

轉成靜音的手機震動起來，跟預料中一樣是奈穗打來的，就不管她了。前天原本打算留宿在她的公寓卻直接離去後，她一天就打了好幾通電話、傳了不少MAIL和

LINE訊息，但是真人全部無視。再怎麼說他根本就不想聽什麼「我們談談好嗎」的後續，不管她是要道歉還是解釋，短期間內真人都不打算接受。得讓她知道那天我是有多麼不舒服才行。

真人從離自家最近的國領站搭上往東京方向的京王線電車，與大學是相反方向。畢竟時間還很多，所以沒有在杜鵑丘換成快車，而是在空出來的椅子上坐下。忽然看見車內週刊雜誌那個吊牌廣告。「超人氣講師　月島光一遭學生告發性騷擾」的大標題特別顯眼，旁邊還有小標題「接連推出芥川賞作家　大受歡迎文化中心講座的『課外教學』」「好幾次都被叫到飯店去……」等，以及遭到告發的男人大大的照片。

總覺得似乎見過他。對了，去年夏天學校有開放一般人可參加的演講，我對那種活動完全沒有興趣，不過因為社團活動剛好在那天要去學校，所以有看到他。他從停在校本部前的計程車上走下來，正往圖書館方向走去，確實是相當有氣魄。看起來應該超過六十歲了，擦身而過時卻有種對方走路有風的感覺，忍不住低聲喃喃那是誰啊，而當時身旁的社團夥伴正好知道。有一部分女學生還尖叫吵鬧著彷彿是來了個偶像。就是那傢伙嗎？那男人被告性騷擾啊？

眼睛上用黑色馬賽克擋住的「告發者A小姐」照片比月島光一小了許多，還放在標題下方。真人想起了奈穗——雖然對方的年齡大上許多，而且也沒有相似之處。但這女人肯定也說了什麼「我們談談好嗎」之類的吧，然後被拒絕就惱火了。

在新宿換搭地下鐵五分鐘左右，在沒去過的站下了車，邊走邊打上昨天在大賣場用一百元買的黑色領帶。面試用套裝非常方便——能當成喪服穿。十分鐘左右便走到了喪葬場。占地大到莫名其妙，一片灰色毫無裝飾，要是不知道這裡是辦喪事的地方，大概會以為是工廠之類的建築物。應該是只需要最廉價的費用就能舉辦平凡無奇葬禮的地方吧。

山田千太的告別式還沒開始，也沒有其他弔唁的人。在入口處徘徊了一會兒，職員走過來催促真人進去，真人便照做了。從空無一人的會場座位之間由中間的走道走向祭壇，雖然曾經看過他年輕時的照片，但後來的照片卻是怎麼搜尋都沒看到。自從接到哥哥通知以後，真人也搜尋過推特，雖然找到他隸屬的劇團帳號有公告死亡訊息，卻還是沒有照片。大概就是那點程度的演員吧。死亡年齡是六十一歲，遺照上那男人看起來卻像是已經超過七十歲了。細細長長的臉，細長的眼睛，毫無自信的微笑。就是因為這副尊容所以才沒能成功的吧。

沒有任何感慨——應該說越看越覺得寒酸，而且更加能感受到自己與對方的相似之處而不禁有些消沉。

原本是想確認有什麼家屬、會有哪些人來？或許母親也會偷偷過來？現在完全打消這股念頭。母親實際上可能根本就不知道他死了，甚至對於他是死是活都沒有興趣，這男人也就這點程度罷了。想想還是早點離開，確認應該沒有人會來阻止後，他拿出手機快速拍了一下遺照。回到車站前走進星巴克，把照片裁剪一下修掉名字的部分，寫了句「老爸好像死了」就上傳到推特。

大學在放春假、也不是社團活動的日子、就職公司也決定了，沒有要打工也沒有約會的話，那天根本就無事可做。

原先打算回家，不過坐在快車上經過國領站沒能下車，結果還是到了大學。

校園裡學生三三兩兩，但沒有遇到認識的人、社團教室也空蕩蕩。畢竟輕音樂社的優點就是輕鬆自在，所以沒有多少熱中活動的社員，頂多就是活動日彈彈吉他唱唱歌、然後就跑去聚餐。連張音樂相關的海報都沒貼，四下角落堆滿灰塵和零食包裝的社團教室裡，真人在鋼管折疊椅上坐下，思索著自己實在相當蠢。

這陣子經常像這樣，沒事情卻還是來到大學。期待著來了就能遇到誰、或者發生些什麼事情之類的。期待大多都會受挫，但仔細想想不管是進大學的時候、升上高中的時候，甚至是回溯到更久以前——都曾有這樣的期待。然而一次都沒有實現。所以說，人生就是這樣的吧，真人想。至少我的人生是這樣的。

房間角落立著一把吉他，那是入社之後馬上退社的一年級社員放的，那人一直沒來拿所以就放在那裡了。走過去拿起來發現已經斷了兩條絃。將背帶掛在肩上、站在牆壁的鏡子前，擺了個姿勢。在搭電車前就已經把領帶拿掉了，所以現在身上的服裝並不會像喪服，而意外的是黑西裝白襯衫與斷了絃的古典吉他還真是挺相配的。有點像佐野元春。遺憾的是我的臉不像佐野元春吧。

聽見走廊上似乎有人接近的腳步聲，真人慌張地將吉他放回原處。坐回椅子上彷彿是在等待某個人，假裝專心看著手機畫面。腳步聲逐漸遠去，一邊覺得自己被拋棄了，一邊看著推特。

剛才發的那張照片有五個「讚」。真人的帳號名稱是「史那夫金」，雖然沒有標示本名，不過夥伴們都知道那個帳號就是真人。五個讚裡有四個人是社團的社員，另一個是上同一堂課的男性。他們大概沒料到我現在會在學校的社團教室裡吧，不過馬上就看到我發的推，可能也是在類似的地方閒到不行。

也有人回應「啊？」「真的嗎？」「什麼意思啊」之類的訊息。這算是比較中性的反應吧，真人想著。他們大概在心裡想這不可能真的是我老爸的遺照，但又不知道是不是能打趣之類的所以等我回應。沒想過要怎麼收拾後果。或許就這樣意味深長地放著不管比較好？正在思考的時候，又有人留了回應。「怎麼回事？你沒事吧？」留這條訊息的帳號名稱是「三月兔」，也就是奈穗。畢竟我不接電話也不看LINE，她大概想用推特傳訊息吧。

真是拚命。把話說出口之後稍微鬆了口氣。但這不表示我的怒氣已消，而是希望她能夠更拚命。得讓她徹徹底底知道一臉傲氣說什麼「可以談談嗎」之類的會導致什麼樣的結果才行。問什麼「沒事吧？」也讓人不高興，簡直是說我的精神狀態有問題。

推特趨勢關鍵字冒出「性騷擾」。點下去看看，果然是那個文化中心講師的事情，大家都隨意表達自己的觀點。就算不買週刊雜誌來看，也可以從推特上面貼的新聞報導連結了解內容。事情似乎是發生在七年前，告發的是A小姐，當時二十六歲。情況好像是「授課之後的聚餐總是叫我坐在旁邊」、「三更半夜打電話給我」、「好幾次把我叫到飯店，逼我跟他做愛」之類的。

有人同情告發講師的A小姐，稱讚她「相當有勇氣」，或者是發表一篇落落長關於「這個社會裡女性生存不易」的文章以外，大概也有差不多數量的內容不是站在被害者A小姐那邊，而是站在講師角度的。「七年前的事情怎麼現在才說？」或者是

「啊？又不是綁架？不要去飯店就好啦？」又或「說什麼被迫做愛ｗ」只是技術不好所以不高興吧」之類的。應該是這類意見比較多吧，真人想著，當然也可能是因為自己光挑這類訊息來看。

到處都沒有看到A小姐的照片，但總覺得是個類似奈穗的女人。就跟大家說的一樣，為什麼都過了七年才說啊。明知去了飯店會發生什麼事情，為什麼還乖乖去了好幾次。

「做愛可是兩個人做的呢ｗ」

想到這樣的回應邊輸入文字，在發送前想了想又刪掉了。因為發現其實自己想發這條推文不過是想告訴奈穗而已，但其他人眼裡可不見得如此。就算內心其實同意，也可能有人是那種**表面上在意他人目光**的人。可能有人會覺得這種時候就是應該要站在女性那邊，說起來也有人會覺得一頭栽進這種問題的人是蠢蛋、或者討厭這種人。總之最好還是不要從有人認識本人的帳號發這種訊息比較好。

所以真人馬上設了一個新帳號，新帳號的用戶名稱是「佐野TOMOHARU」。重新檢視那些標上性騷擾標籤的推文，由攻擊A小姐為主的帳號當中挑了幾個追蹤。之後又重新輸入「做愛可是兩個人做的呢ｗ」加上標籤「#性騷擾　#男性才是被害者　#不想做愛就不要做啊」然後送出。

馬上就有兩個人追蹤自己。有一個追蹤帳號應該是「回追」，不過真人還是很高興，這表示自己的推文受到贊同。「讚」越來越多了，那些追著標籤推文的人也都看到了吧。馬上就超過了剛才「老爸好像死了」的「讚」數量，已經有十五、十六……同時追蹤者也增加了。看吧、看吧，你們看看！真人在心中對著奈穗那樣的女人，又或者是對某個人嘶吼著。「佐野TOMOHARU」可是如此受到關注呢。

電話響起讓真人震了一震，手機差點就掉下來了，看見是圭一打來的再次一愣。真人並沒有告訴哥哥「史那夫金」的資訊，甚至沒跟他說過自己有推特帳號，但忍不住覺得他可能因為某些理由而看到自己上傳了那張遺照。真不想讓哥哥知道自己去了喪葬場。

「這星期五照原先預定沒問題吧？」

太好了，是其他事情，忽然想起這麼說來確實有約。因為哥哥說要幫自己慶祝公司預定錄取，他會帶自己的女朋友來，所以要真人也邀奈穗來，兩對情侶一起約會。對方是一對的，自己一個人去實在很蠢，但又沒有其他女人，真人還是回答「好

2. 「笑（わらい）」的意思，以日語發音「warai」的第一個字母「w」代表。

啊」。

「我會先預約下北澤那邊的義大利餐廳，在店家集合喔。地址我之後MAIL給你。」

圭一三言兩語快速說完便掛了電話。他似乎是已經忘記前天在電話中對真人說的事情，又或者是假裝忘記呢。

時間過得真快啊，真人想。

和圭一約吃飯是確定公司預定錄取的那天，那時候的真人與現在相比，實在是相當喜歡奈穗。甚至有種想向圭一炫耀的感覺。

收到預定錄取通知是在大約十天前，短短十天就能讓心情有如此大的變化，真是有點驚訝。真人思索著，結果也不是多喜歡吧，跟對方約會、想做愛就能做愛，所以就當成是喜歡了。女人對這種事情還挺囉嗦的，月島光一肯定也是在這方面沒怎麼用心吧。

眼下那片寬廣的人造莽原上，黃黑條紋的小型巴士緩緩跑動著，莽原上有一大群獅子，從巴士裡能夠就近觀察。剛才真人也去了巴士站看看，但那裡已經排起了等待下一班巴士的隊伍，所以就離開了。完全忘記今天是星期天。真人只好從橫過莽原的天橋上往下看。

從大學那邊的車站搭公車十五分鐘就可以到這間動物園，不知道該怎麼消磨時間的時候，真人就會來這裡。因為覺得一個人在動物園裡面晃蕩，似乎不怎麼危險、反而感覺很酷，要是有其他人看到了應該也能耍個帥。不過今天擦身而過的都是些家族客，大概不可能見到大學裡認識的人。話說回來，各種事情都在短時間內結束了或決定好了，有種不管自己有沒有搭上，地球都會自顧自轉下去的感覺，但同時也覺得自己一直在努力消磨時間，又是怎麼回事呢？

巴士停在獅群的正中間，雖然車體側面掛有餌食用的肉，但靠過去的只有一頭雄獅。獅子們已經吃飽了。為什麼只有那一頭獅子有反應呢？那傢伙是最弱的、還是最聰明的，又或者是在意外界眼光的獅子呢？聽見附近傳來唧唧唧、唧唧唧的怪聲，轉過頭去發現有些距離處有一組家庭也向下看著莽原，發出怪聲音的是拉著三歲左右胖男孩的四十來歲母親。

「我們家一毛錢都沒拿到啊。」

「唧唧唧、唧唧唧。」

「覺都不睡拚命努力，還是一毛錢都沒有，妳懂嗎。」

「唧唧唧、唧唧唧，哎呀小修你看，獅子轉過來了喔。」

「怎麼可能轉過來啊，又不是貓！」

那位父親的聲音完全是憤怒的語氣，但母親卻輕聲笑了出來，連帶著剛才沉默的孩子也嘎哈哈地笑了起來。母親稍微瞄了過來，真人連忙別開眼睛。

看了看手機，打開推特看見「做愛可是兩個人做的呢 w」那條推文的「讚」有三十一個，另外有八個人轉推，而且「佐野 TOMOHARU」的追蹤者已經增加到十一人。看著時間軸上的「不知道是誰教她的　#男性才是被害者」「是沒辦法當作家所以挾怨報復吧？　#性騷擾　#男性才是被害者」等推文，打開了信箱。

除了網路商店的廣告以外，並沒有收到什麼新的信件。真人驚覺自己在意的是什麼事情，自從那條推特回文之後，奈穗就沒有聯絡自己了。不管是電話、LINE 還是 MAIL 都沒看到。離開大學前往動物園的時候，還預料著到動物園的時候她應該會打電話來吧。這樣的話就接一下好了。你在哪裡？反正她會這樣問吧，就簡單回個「動物園」也不多做解釋，讓她去胡思亂想心情動搖。是因為我一直無視她，所以生氣了嗎？是戰略嗎？是不是有人教她什麼「緊追不放不成功就故意拉開距離」之類的？又或者她放棄了呢？還是她已經不需要我了？

打量著那組家族離開以後，真人重新打好原先拿下的黑領帶，以莽原和獅子為背景拍了張自拍照。喪服和動物園的組合。要不要把這張照片上傳到推特的「史那夫金」帳號上呢？會不會太過火？會不會有人覺得我太想尋求關注所以很拚命？

想到最後決定還是算了。這樣一來沒有其他可思考的事情、也無事可做，真人扯下領帶朝門口走。

那間店從下北澤站走過去需要好一會兒，在哥哥和女朋友、真人抵達後，奈穗比約定的時間晚了五分鐘到。

這樣就很過分了，最傻眼的是奈穗竟然穿著牛仔褲和針織衫。雖然哥哥在MAIL裡面有附註一句只是普通的餐廳，不需要穿得過於拘謹，但這可是第一次和男朋友的家人見面，怎麼會穿牛仔褲啊。

「初次見面，總覺得好像是我最緊張呢。」

哥哥的女朋友有沙會這麼說，應該是諷刺吧？真人想著。這是第一次和有沙見面，也就是哥哥應該換過女朋友了，反正有沙穿的是花朵圖樣的襯衫和緊身裙，頭髮有著漂亮的鬈度、妝容完美、指甲也閃閃發亮，和奈穗有著天壤之別。

「我也很緊張啊。」

聽圭一這麼說，真人只好接話：「我也在流冷汗呢。」

他是想暗地裡表示自己也對於奈穗的打扮十分不解。奈穗沒有開口說話，這也讓真人感到很不安。之前奈穗在這種時候應該都會說些很無聊的藉口才是，總覺得她似乎也不像是覺得丟臉，或因為在猜大家的真心話而陷入沉默，感覺就是非常淡然處之。

奈穗還是一樣沒有撥電話、沒有MAIL也沒有傳LINE來，所以兩天前真人傳了LINE訊息給她，畢竟得跟她說一聲這個聚餐地點才行。「喔，這樣啊，了解。」收到這種好像什麼事情都沒發生的回覆，總之應該還行吧，但這回覆又簡潔到讓人覺得哪裡怪怪的。而且也沒有附任何貼圖，之後就沒了訊息。

「有沙小姐的指甲很漂亮呢，是在哪裡做的呢？」

好不容易開了口，奈穗說的卻是這種事情，又一邊笑著說：「哎呀，可是這樣就不能彈吉他了呢。」有沙很顯然也因此心情不是很好。

「恭喜預定錄取！」

隨著圭一舉杯道賀，大家喝乾杯中的香檳後開始用餐。店家慢慢送上哥哥事先預定的套餐。但因為根本說不上幾句話，甚至對真人來說，眾人的對話完全往自己不想提的方向走，讓他想早早離去。

「哎呀，真是太好了。這個時期就能確定錄取，真的是很幸福呢。」

哥哥這句話總讓人覺得是在嘲笑弟弟全靠父親的關係，才能進入三流企業就職。

靠著自己能力進入知名企業的哥哥，實際上大概對我很失望吧？真人想。

「不打算看看其他公司了嗎？」

聽見和哥哥同公司上班的有沙如此詢問，真人含糊地說聲「嗯啊」點點頭。

「咦，已經決定啦。好厲害喔。好厲害喔。」

奈穗說著。那句「好厲害喔」很明顯帶著藐視人的語氣。

「對真人來說是很適合的地方。」

聽哥哥這麼說，真人不禁有些惱怒，但他說的是事實。自己的資質若不是靠父親的關係，大概只能進入更寒酸的公司，最糟可能還會落入今年找不到工作的困境。一想到如果自己的父親還是那生父的話就一股惡寒，這方面倒是得感謝母親才行。

「話說回來，兩位的父親還好嗎？」

奈穗說這話的時候，正巧大家已經喝完一瓶白酒、燉飯也已上桌，圭一瞟了瞟真人，微笑著說：「什麼意思呢？」

「我有點擔心啊，因為真人開了個奇怪的玩笑。」

「說是死了？」

「是啊，在推特上。」

「倒不是開玩笑。我們的生父死了，現在的父親是母親的再婚對象。我六歲、真人三歲的時候他們就離婚了，所以幾乎是記不得。」

圭一有條有理地說明，甚至讓人覺得他是要讓真人看看如何好好說明一件事情。奈穗看起來也不怎麼驚訝，但馬上說出真人上傳遺照的事情。

「怎麼，你去了葬禮？」

「去是去了……畢竟閒著。」

「然後就把遺照發在推特上？你是青春期少年嗎？」

圭一笑了出來，有沙和奈穗也笑了。搞什麼，為什麼會變成三個人對我一個啊。

「閉嘴啦。」

真人應著。雖然是想反駁「好像青春期」一事，但實在笑不出來、變成相當嚴肅的回應。雖然沒開口卻在內心對哥哥說著：「那你幹嘛打電話跟我說？」為什麼要特地告訴我說那傢伙死了？話說回來哥哥一直有在注意那傢伙的動向，所以才會知道他死了吧。是為什麼、有什麼目的才去追蹤他啊。

但若自己有弟弟，或類似那種關係的存在，而自己先知道我們的生父死亡的消息，應該也是會特地告訴他吧。不是因為一種感傷的心情，而是想讓弟弟背負某種黑色的東西。

燉飯是綠色的，氣味有點像是真人不喜歡的香菜，但若沒吃完的話感覺又要被藐視，所以勉強著吃掉了一半，可是實在相當不舒服，只好離席。

他到廁所邊沖馬桶邊吐，雖然酒並沒有很烈，不過可能是喝得比平常快吧。盡可能吐出來以後覺得舒服了些，蓋上馬桶蓋坐下。拿出手機看推特。

「佐野TOMOHARU」的追蹤者、「做愛可是兩個人做的呢w」的「讚」和轉推數都順利成長中。也有人回應「沒有錯！」「就是說啊～w」等等。

真希望能一直待在這裡，真人想著。

這種想法切實到令自己渾身顫抖。當然也知道必須回去才行，但還是在這裡多待一下吧。再一下就好——直到自己有能讓「佐野TOMOHARU」得到更多「讚」和追蹤者的新推文靈感為止。

加納笑子

內心湧現一股使命感之類的東西，笑子憤憤然走著。也是因為不想讓人覺得自己沒在生氣。在文化中心那棟大樓的一樓大廳等待龜速前來的電梯，總覺得在另一臺電梯前等待的男人似乎正在窺視著自己。

「請問您是上月島光一先生課程的人嗎？」

正當笑子別過眼睛，男人就湊了上來問。對方是個穿著西裝的細瘦男人。對。笑子憤然點頭。

「您知道他被告性騷擾的事情嗎？不知道是否方便詢問……」

笑子猛地被拉了一把。不是那個男人，是一同在講座上課的四十來歲男性，叫做高岩的人。似乎是剛才來到自己身後的。我們走吧。他小聲說著，便把笑子帶往樓梯。

「那傢伙是記者。剛才上野小姐打手機給我，說電梯前面有記者守著，別被抓到了。」

高岩走上樓梯的同時說著。不管是上課或者在居酒屋的時候，他都是那種緩和現場氣氛的人，今天的表情卻相當嚴肅。兩人在二樓進了電梯。記者還在樓下，應該是在「守著」下個學生前來吧。

「妳知道吧？月島老師那篇報導。」

高岩問了和記者一樣的問題。

「知道啊。」

笑子是接到剛才提到過的上野那名女性的電話知道的，之後還去了便利商店站著看了那本雜誌——畢竟拿回家裡會被丈夫看到，所以沒辦法帶回家。

「今天月島老師會來嗎？」

高岩喃喃說著。

「咦……」

會這樣嗎？老師不來？這件事情有那麼嚴重嗎？

但是月島現身了——比平常晚許多，幾乎是上課開始時間。雖然回想起來上上週感覺課程也不是相當精采，不過他今天顯然又更加憔悴了。那粗布厚襯衫雖然相當時髦，但看起來似乎大了些，笑子想著，老師可能瘦了吧。

「在開始上課之前，有些事情要跟大家說。」

月島將雙手放在講桌上，用手撐著身體說了起來。

「我想應該很多人知道了……有人告發我性騷擾。告發者以前是在這裡上課的女性。名字我就不說了，她是很久以前上的課，我想這裡應該沒什麼人知道她是誰。可能會進入訴訟程序之類的，所以我不能多說……不過她說是我逼她進行性行為。她說我利用了老師這個身分，她的說法是因為我是相當受歡迎的老師，所以利用了自己的影響力逼她就範。如果只看週刊雜誌上的報導，內容大概就是這樣。我還沒能直接和她對談，所以也不知道她是不是真的這樣說。

我就明白說了，我的確有和她進行性行為，在某段時間內確實有男女關係，這是事實。我並沒打算隱瞞、也沒有要模糊事實……當然，畢竟我也不會大肆宣揚，當時的確沒有多說什麼。大家都知道我是已婚者、也有女兒，所以講老實話，我就是跟她有外遇。我想應該會有人覺得這樣相當令人不舒服，這也是沒辦法的事情。

但我不怕大家誤解，還是要告訴大家，這類慾望才真的是無法可想，我心中的確有這樣的概念。慾望並不單指性慾。我心中有愛人的慾望、關於小說的慾望，也就是希望對方寫出好小說的慾望，如果對方是女性的話就會加上性慾，這點我不否認，也就是說……這些慾望在我心中分別占多少比例、如何混合在一起，我並不明白。所以我才覺得這也是沒辦法的事情。與其說這是我的生存方式，不如說這是我心中對於生存所保有的概念。我不想否認這件事情……當然要批判我是大家的自由，我也準備與大家討論。

我的錯誤在於自己認定她應該明白這件事情，她曾是個創作好小說的人……不，應該說是能夠創作出好小說的人才對。這件事情讓我相當熱中，不管是對她的小說，還是她。我想我的話語大概不足，而她也聽得不夠多。因為我們都想著我懂、我們彼此了解，關於這點我想向她道歉，我是打從心底想向她道歉，直到她能接受為止。

……另外我也要在此向大家道歉，知道自己上課的文化中心講師被告性騷擾，我想大家都會很不安、也會覺得不舒服，實在相當對不起，我向大家道歉。如果覺得怎麼可能繼續上這種老師的課，那麼可以退課沒有關係。上課費用的事情我會交代辦公室那邊，就從我這邊的薪水扣除就可以。不過我還是想告訴大家，在這裡，我和大家的關係我不認為單純是講師與學生，我相當自豪我們之間的良好關係。有許多能寫的人，大家都能寫，我希望大家都寫出好小說。因為寫小說是非常棒的事情。

……好像有點脫離主題了，真是抱歉，大概就是這樣。跟上課無關的話題就到此為止。」

月島說沒有要多說，卻發表了這麼落落長的一段話。即便如此，還是很難理解啊，這是笑子的感受。這是因為我還不太理解小說的事情嗎？月島說完以後便看向手邊的稿子，似乎在尋找什麼而翻了起來，但很顯然其實非常在意學生的樣子。笑子想著真不想看見老師這種樣子。忽然啪啪啪響起鼓掌聲，坐在最前面的上野小姐站了起來。一個、兩個人站起來，掌聲也變大了。笑子連忙慌張起身鼓掌。

那天在講座之後的聚餐，月島並沒有參加。

「我需要一點思考時間，真抱歉，大家可以說我的壞話熱鬧點啊。」月島扯出笑容，往車站方向走去。笑子雖然很失望，但也心想或許這樣比較好吧——畢竟這樣就可以只有同學之間交換訊息了。

也是這個時候才知道告發者是動物護理師。週刊雜誌上只有寫「A小姐」的年齡，並沒有公開她的職業。上野小姐好像是從「網路留言板之類的地方」得到那個資訊的。

「我知道那個人呢。」

笑子忍不住喃喃說著，大家也一起看了過來。來居酒屋的學生只有九個人，比平常少了些。這樣也可以理解哪些人這種時候會來、哪些人不會來。人數較少所以大家今天圍著一張比較小的桌子，桌上放的是雞肉串、泡菜涼拌豆腐、炸薯條，都是和平常一樣的菜色，不需要商量就會有人點。

「七年前我也有上課，所以一直在想是誰。如果是動物護理師的話，那就是九重小姐了，九重咲步小姐。」

「是美女嗎？」

馬上追問這種問題的，是個叫做渡會的五十來歲男性。他伸手拿起雞肉串，大口咬下。

「與其說是美女，感覺上算是可愛型的吧。眼睛大大的、皮膚很白……」

笑子回答著。一邊想著是不是美女有差別嗎？淡淡思索著九重咲步的資料，印象也逐漸清晰了起來——雖然也是開口說出那些話才補上的印象。

「那時情況如何？有什麼給人感覺是性騷擾的事情嗎？」

很快便酒氣上衝而滿臉通紅的高岩問道，笑子則拚命思索著該如何回答。畢竟大家都在等著，實在有點緊張。喝了一口杯中幾乎沒有減少的啤酒。

「……月島老師的確是特別將心思放在她身上沒錯。不過我想就跟老師剛才說的一樣，從來沒有想過有性騷擾的問題。來這裡的時候她也總是坐在老師旁邊，看起來挺開心的。」

總覺得似乎有些說過頭了，正想著該怎麼修正好，就聽見上野小姐說：「看吧，就是這樣。」上野小姐的小說寫得並沒有很好——也就是說，她的小說從來沒有在課堂中被拿出來做為範例使用，所以笑子才會這麼想。但她本人說話倒是相當風趣，在居酒屋裡月島老師都會叫她的名字「美江子、美江子啊」，算是相當疼愛她。這麼說來，這個人也有「出軌」呢，笑子微微思索著。老師相當喜歡她那件事情，總是開口問她：「後來如何了？」

「反正應該是跟月島老師交往結果不順利，或者老師不願意和太太分手之類的理由，所以才挾怨報復吧？」

上野小姐這話似乎是在詢問笑子，所以笑子點點頭回著「是吧」。忽然想起，對了，我還有事情可以說啊。

「我有一次和九重小姐兩個人喝酒，不是在上課的日子。剛好在明大前站遇到她，所以她約我去吃飯。總覺得哪裡怪怪的……明明我們不是特別熟，但她好像刻意要跟我說些什麼，而且是跟月島老師相關的事情……說是老師會打電話給她之類的。不過我問應該是要談小說的事情吧？她就說是啊。或許她那個時候已經在跟老師交往了吧。」

「是要自豪吧？就是想說給別人聽之類的？說她在跟老師交往。」

上野小姐又開口這麼說，笑子也順著話回：「或許是吧。」那時候的確是覺得哪裡怪怪的。在那之後回想才有那種感覺，似乎對方並沒有把話說清楚、又或者該說是自己沒有聽清楚。但那時候母親還在世，實在有太多事情要忙，後來就忘掉了。

「那時候或許應該問清楚呢。」

聽笑子喃喃說著，渡會先生馬上搶在上野小姐前插話：「問什麼？聽她秀恩愛？」有幾個人笑了出來。

「沒有提到什麼被性騷擾之類的嗎？」

高岩先生在一陣笑聲之間開口詢問，而在笑子回答前，中野小姐便說：「應該沒有吧？」

「倒是沒有那種感覺。」

笑子回答。對，那種怪異感不是那種感覺。畢竟如果是那樣的話，就算是我也應該會好好問她吧。

「我說她是第二個小荒間洋子，她還得意地笑了呢。」

又多說了些想起來的事情。其實根本就不記得九重咲步是不是「得意地笑了」，但腦中卻鮮明重現了那笑容。伸手將大家分剩下、幾乎不成原型的涼拌豆腐放到自己的盤中。

「說到第二個小荒間洋子，那個——柏原步美小姐也沒來上課了呢。」

先前都不太開口，叫做真鍋的三十來歲女性說道。

「對啊，她也是老師很喜歡的人呢。」

高岩這麼一說，上野小姐便接話：「好像已經跟文化中心退課了。」

「老師看上的所有人不見得都能回應老師的熱情呢。」

「熱情」是月島經常使用的詞彙。那是熱情的問題啊。結果還是要看有沒有熱情。我對於小說的熱情抱持絕對的自信。笑子感受到他的聲音像是湯汁或者玻璃杯上的水滴，就這樣滴落在凌亂桌面上擺盪著。

早上九點，笑子在永福町的獨棟房屋廚房裡準備早餐擺在餐桌上。

自從將母親托給養老院之後，起床時間就晚了一個小時。那時候總是先一個人吃完早餐，現在則和丈夫一起享用。放好魚干和醃漬物的盤子，聽見電鍋煮好飯的告知聲響沒多久後，丈夫一郎就出現了。

「我昨天十一點回來。」

他是說昨天晚上他和前老師同事們的聚餐，笑子和一郎是同一所中學的老師，因而認識結婚，笑子在結婚後轉去了其他公立學校，不過一郎就在那間學校一路當到校長，已經退休十二年。

「我七點過後就回來了。」

因為在居酒屋沒吃什麼東西，所以回來後還煮了麵線搭配溫麵湯吃一吃。平常總是為了一郎而得要先準備些晚餐的菜色，因為就算跟他說你先隨便吃吃，他也會找理由等笑子回來——所以他外出實在是讓人感激不已。

「妳去的文化中心那個講師，是月島什麼來著的嗎？」

正在裝味噌湯的時候，背後傳來丈夫的聲音。

「是啊，是月島老師。」

笑子把飯和味噌湯拿往餐桌的同時，盡可能平靜笑著。原先想著一郎並不在意妻子去文化中心的事情，所以應該不會記得老師的名字吧？看來這想法並不樂觀。

「果然嗎？昨天有人提到他，妳知道那個性騷擾的事情嗎？」

「知道。」

看笑子開動，一郎無可奈何地也開始吃了起來。

「沒問題嗎？情況如何啊。那傢伙昨天有去嗎？」

「有來啊，畢竟有課。」

「還有課……一臉裝作沒事的樣子上課嗎？」

「他在上課之前有跟我們說明啊。說是誤解，週刊雜誌的報導畢竟是單方面的。我很能理解老師所說的，我們都支持老師啊。」

一郎似乎有些驚訝。笑子……至少最近的笑子，會對他說這麼多話實在相當難得。笑子則是因為把話說出口之後才終於理解自己的心情。其實昨天在居酒屋並沒有確認來參加的所有人都是「支持老師」的，講起來就是一直在聊九重咲步還有柏原步美的八卦，但在那裡的所有人應該都是相信月島老師的吧。

「哎呀，反正年過七十的老太婆也不用擔心被性騷擾。」

一郎用筷子把竹筴魚乾四分五裂邊說著。笑子則一語不發。雖然已經習慣丈夫說話如此張狂，卻也不想像平常那樣以苦笑回應。

結果一郎也有些知趣地默默吃著飯。之後忽然想到什麼似的「啊」了一聲站起身，從餐廳往走廊走去。

「我想著要收拾一下儲藏室，結果昨天發現這個。」

丈夫抱來了一個紙箱，那是笑子從養老院拿回來的母親遺物。收在儲藏室裡的應該不只一個紙箱，不過丈夫拿的那箱子，笑子不用看也知道裡面是什麼。

「這是什麼啊？」

一郎將紙箱放到地板上，刻意拿出一本來詢問。這是輕熟女漫畫——這個詞彙是笑子從看護人員手上接過母親遺物這箱子時告訴自己的，是給成人女性閱讀、充滿性愛場景的漫畫。

「就是你看到的那個啊，母親每個月都請看護人員去幫她買的樣子。」

笑子淡淡回答著。這個習慣似乎是在母親進入養老院以後才養成的，笑子前去的時候也絕對不讓她看到，一直堆在床下藏起來。

「妳有看內容嗎？真不舒服……根本色情癡呆吧。」

「買那些漫畫的時候還沒癡呆呢，雖然腳已經不方便了，但聽說她可是戴上老花眼鏡看得很認真。」

「為什麼要帶這種東西回來啊？丟掉啊。一想到家裡有這種東西就覺得渾身寒毛直豎。」

「那是母親的遺物啊。」

而且……原本想繼續的話還是別說了。丈夫只是想貶低母親藉此來攻擊我而已，因為我並不打算停掉月島老師的課程，所以故意報復。

這個人實在令人煩躁，笑子想著。從以前就是這樣了——從開始照護母親的時候就開始這麼想，但那時覺得或許是因為自己太忙、想著丈夫根本幫不上忙之類的，但母親過世後不管是時間還是心情上都相當寬裕，不知為何反而覺得丈夫更加疏遠。

母親大概是一年半前過世的。

第一次看到裝在紙箱裡那些漫畫的時候，當然笑子也是一陣冷汗。

大概比丈夫所表現出來的厭惡感還要更加糟糕，那種彷彿「賢妻良母」化身的人，都年過九十好幾了居然還在看這麼下流的東西。「畢竟她非常珍惜，我們不能隨便處理掉。」養老院職員將紙箱交給笑子的時候，臉上浮現的苦笑令人感到屈辱，雖然本來想馬上丟掉，但也不想用繩子綁一綁在資源回收日放在自家門口，結果只好擱著了。

看來笑子的心靈受到那件事情的干擾比自己想像中的還要嚴重。有天在課後居酒屋裡，月島對她說：「加納太太今天似乎沒什麼精神呢。」那是笑子去洗手間的時候，月島正好從洗手間出來。笑子嚇了一跳。月島的洞察力真是驚人，所以就表明了「母親的遺物當中有整疊下流漫畫」——明明之前才下定決心不能讓任何人知道。

月島並沒有苦笑之類的，而是「喔？」了聲然後思考了一會兒，說：「要不要試著把這件事情寫成小說？」還說：「一邊寫一邊思考，為什麼母親會看這種漫畫呢？」還有什麼「或許會知道母親想告訴妳卻又無法開口的事情」、「無法找出真相也沒有關係。書寫本身就是為了找出對妳自己來說的真實」、「寫的時候會一直想著母親的事情吧，這樣應該也很好」之類的。雖然只是在走廊上隨口不到五分鐘的談話，但那時候的對話卻比自己四十五年結婚生活中與丈夫的對話都要來得美好。

所以笑子寫了。寫好又重寫、思索再思索，最後寫出六十三張稿紙的小說，被月島遴選為「本月作品」。這和互相評論而挑選出來的作品不同，「本月作品」是那個月當中除了笑子上課的時間以外，月島在文化中心所有小說講座課程當中提交的作品裡挑選出來的一篇。雖然有些斷斷續續但也上了月島的課將近十年，笑子的小說是第一次被選上。那是用母親第一人稱書寫的自我回憶錄，月島大為稱讚這篇作品沒有想讓人發笑卻給人一種幽默感，是特別值得讚賞之處，可以感受到作者努力想要理解由戰爭時期活到平成年間的一名女性的人生，讓人相當感動。那天課程後的聚餐時，他又再次誇讚。寫得真好啊，小笑。小說中母親是叫她小笑，所以月島故意模仿作品當中如此喚她。之後月島就不再叫笑子為加納太太，而是稱她小笑。雖然並沒有那麼多被老師點名的機會。

家中開始出現週刊雜誌。

是一郎買來的，他先前除了報紙以外明明只看經濟雜誌。趁他不在的時候翻了一下，就看到目錄上的「性騷擾」、「講師」等文字。一郎已經不再詢問「情況如何」，反而刻意買了週刊雜誌來，放在笑子會看到的地方。丈夫就是這種人，當然笑子並沒有讀內容，反正應該和先前在便利商店悄悄讀完的週刊雜誌內容差不多吧。我身為學生，月島老師講座的事情我比誰都清楚，那些不明所以的人寫的各種推測，我才不想刻意去讀了以後弄得自己心情不好，笑子想。丈夫想什麼管他去死。

信件是在上一次的課程，也就是月島在上課前說明這次事情的那天的六天後送達。笑子上的課是隔週的課程，所以下一次上課時間是八天後。信件的寄件人是文化中心辦公室，標題是「關於月島光一老師『小說講座』重要通知」。

「小說講座A及小說講座B自三月十八日課程起，月島老師將休假。此為月島老師之意願。代課老師為春岡正克（文藝評論家）老師。若因更換講師而欲退課者，請聯絡辦公室。課程費用將計算天數後退回。若希望繼續上課的同學，請於上課時間前往教室（關於已經提交的作品，詳細請參考下方說明）。非常抱歉給各位同學添了麻煩。」

「這是怎樣啊。」

笑子喃喃說著。早上十點多剛收完早餐的東西、晾好衣服，正在客廳喘口氣就收到這封信。一郎剛剛才出門去了圍棋中心。

笑子坐在餐廳的椅子上，低頭盯著自己的雙手與放在中間的手機許久。之後才下定決心把手機拿起來，撥電話給高岩先生。畢竟不想和上野小姐說話，而目前課程的學生當中，自己手上有號碼的除了她以外就只有高岩——是他以前為了聯絡課程事務而曾經打給自己過。

「啊，笑子小姐嗎？您好。」

高岩大概沒有把笑子的號碼登記在通訊錄當中，接起電話時還相當狐疑，知道是笑子後便鬆了口氣。沒錯，人家可是叫我笑子小姐呢！笑子在心中對不在此處的丈夫說著。自從月島先生開始叫她小笑以後，學生們就都叫她笑子小姐，雖然你根本不懂啦。你老早以前就不這麼叫我了，現在都只叫「喂」而已。

「你看到辦公室傳的信了嗎？」

笑子說完才驚覺不對，詢問高岩：「抱歉，你是不是在工作中？」記得高岩應該是瓦斯器材的業務。
「沒關係，我剛好停車休息，也是看了那封信正想著打電話給誰好。」
「這樣啊，那就好。那……怎麼辦？應該怎麼做比較好？」
「我可能就不上課了吧。」
「咦？」
笑子根本沒想過會是這種回答。她想問的是，要為了月島老師做些什麼。或者高岩的意思是抗議行動呢？有點類似罷課之類的。
「畢竟我是憧憬月島老師才去上課，對他感到失望的話繼續上課也沒意義了。」
「失望？為什麼會失望？」
這個人到底在說什麼啊？
「辭掉講師就表示承認他性騷擾了吧。」
高岩的語氣彷彿是在說明瓦斯器材的特徵。
「他不是辭掉，只是休息一段時間吧？不是因為承認性騷擾……只是怕給我們添麻煩吧？」
「是嗎？我覺得那樣的話不需要特地休息。我想他應該就會辭掉了，畢竟根本解釋不完。我猜雖然還沒有報導，但是大概出現了其他告發者。」

「其他告發者？你是說誰？」

「不，我並不清楚，只是覺得可能是這樣。總之就覺得很煩啦，先前老師的說明也是，給人一種就是他說他有理、糊弄人的感覺。」

「這……」

糊弄人？高岩先生是這樣想的？那天只有學生在居酒屋聊天的時候就是？那個場子並不是要幫助月島老師嗎？失望了？對老師？

「我覺得要不要相信老師是個人的自由，不過思考的時候最好客觀一點喔，加納太太妳也是。」

那我掛電話囉，高岩說著。不知道他是刻意的或者下意識地將「笑子小姐」改口回「加納太太」。

笑子帶著一股使命感，憤憤然走著。

既然說是「市公所路」，那應該是這條沒錯吧。約定的地點不在市公所，而是在對面的咖啡廳。柏原步美說正好是午休時間，要不就在那裡談話吧。

笑子下定決心要幫月島老師連署去抗議。因為坐立難安而想著能馬上做些什麼事情的時候，腦中浮現的就是柏原步美。畢竟她是在隔壁市的市公所上班，應該能馬上聯絡到人。打電話到市公所說出她的名字，她就自己來接電話了，兩人也約好見面。

先前都不曾和柏原小姐說過話，不過笑子自報姓名並且表示「想商量月島老師的事情」之後，對方便回答「喔，好」之後，就等著笑子開口。笑子說：「我想幫老師連署抗議。」結果柏原小姐沉默了好一陣子。然後她說：「如果您能過來這邊一趟，我們可以談談。」

笑子扣上薄羽絨外套的釦子，今天有些寒意，似乎馬上就要下雪。不知道是不是附近有畢業典禮，馬路對面有三個穿著華麗服裝的女孩開心笑鬧著走來，絲毫不受陰暗天空的影響。

看見市公所的停車場之後，也看見了對面的咖啡廳。外觀像是個玻璃盒子，走近便看見柏原小姐坐在靠窗邊的位置。

她大概幾歲呢？二十八？三十？雖然比剛才那些服裝華美的女孩們年紀大上許多，但對自己這種「年過七十的老太婆」來說是差不多的。都一樣年輕。年輕而且美麗。

明明柏原小姐已經不上課了，為什麼我要去見她呢？笑子想著。是為了要詢問她退課的理由。而且可以的話，要叫她回來。笑子對自己說著，看吧。柏原小姐這麼漂亮，而且還有著老師相當珍愛的小說才能，停課實在太可惜了。如果她回來上課的話，就能夠為月島老師證明他不是那種會性騷擾女生的人，連署活動應該也會很順利吧。想來就連高岩先生應該也不會想著要退課了。

但笑子有些在意柏原小姐剛才電話中的沉默。想著自己接下來並不是要和她商量事情，而是要試著說服她。心中的正義感更加強烈，那股憤怒是針對告發月島老師的九重咲步，也是針對柏原步美。講座的時候她們兩個人的小說都常被老師拿出來，在居酒屋時也總是坐在月島老師旁邊，明明那麼漂亮、明明那麼受老師疼愛；明明那麼年輕、明明擁有一切。

同時腦袋的某個角落正思考著另一件事情。儲藏室裡的紙箱，母親的漫畫。回去之後就把那些東西丟掉吧，只要全部用報紙包起來再綁好就行了，不然就一頁頁撕開來和廚餘一起丟掉，對，這樣應該比較好。

腦中浮現出正在做那件事情的自己——承認自己確實想要撕下漫畫的每一頁、撕碎後揉成一團，但笑子沒有思索為何自己想這麼做。她盡可能不去想、維持憤怒的心情走向柏原步美。

柴田俊

先前就有種怪異的感覺，後來變成一種不舒服的感受。

但又弄不明白具體來說是什麼事情讓自己不舒服，雖然肯定和咲步有關，但與其說是她本身讓自己感到不舒服，更像是有種討人厭的某個人，又或者是某種東西存在家裡那種感覺，覺得問咲步似乎不太對。更明確地說是覺得似乎不要問比較好。

這種感覺以前也有過。俊雖然這麼想，卻又回想不起是哪時的事情。有天接到母親的聯絡才想起，對了是那時候。母親來電是要討論讓第二十六年的法事，比俊小兩歲的弟弟讓在五歲時就死了，是兒童癌症。俊想起來就是那時候，在自己知道弟弟生病不久前。讓開始常躺在床上睡覺，爸媽也常帶他出門，然後告訴俊說：「小讓生病了，小俊要對弟弟好一點喔。」沒多久以後讓就死了。這麼說來，咲步是生病了嗎？是在隱瞞生病的事情？

就在那天晚上。咲步自己開口：「那個……」

晚餐是漢堡排、蔬菜沙拉和玉米濃湯，跟平常一樣是俊做的。

漢堡排和濃湯都是冷凍食品，所以沙拉就多花了點心思，混合了新鮮蔬菜、水煮蔬菜、罐頭豆子、火腿和水煮蛋等，沙拉醬也是手工製作的。因為他知道這樣咲步會比較開心。

咲步比平常早回來，還幫忙把裝好盤的餐點擺到桌上。很久沒有一起吃飯，兩人舉起小小的罐裝啤酒乾杯。雖然這樣說似乎很奇怪，但那時候俊心想著，沒問題的。只是我多心了，根本什麼事情都沒發生、不會發生任何事情。但咲步喝了一口啤酒之後說：「那個……我有事情要說，方便嗎？」

一定是孩子的事情，俊想著。是生理期沒來，她買了驗孕棒，可能是要跟自己報告結果。最後一次做愛是什麼時候呢？大概三星期前吧。在俊連續三次被拒以後，就因為害怕被拒絕而沒敢索求。

「先前有一天我休假半日的時候說有急診病患對吧？我騙了你，對不起。其實那天我去接受週刊雜誌的訪談，在調布的飯店。」

「訪談？」

俊只能先回問。他完全不知道妻子想說什麼。

「先前有人對我做我不喜歡的事情。根本拒絕不了……我沒辦法忘掉那件事情，不知道該怎麼辦才好……所以就打電話給週刊雜誌，因為對方是很有名的人。」

俊感受到妻子簡直變回小孩子，她低著頭、結結巴巴說著，就像是個被責罵的孩子在找藉口，但還是搞不懂她在說什麼。
「不喜歡的事情是什麼？」
「把我叫到飯店去……去房間……」
「啊？什麼？是強迫妳上……嗎？」
「他沒有行使暴力……但我不想。」
「所以妳被強暴了？」
咲步低著頭許久之後才點了頭，俊覺得眼前一片模糊。
「……什麼時候的事情？」
「在同學會遇到你的一年前。」
「咦？那麼久以前？不是，那怎麼……」
正打算問怎麼先前都沒說？俊卻看見桌上的水滴。咲步低著頭，妻子在哭。
俊這才發現自己根本就是毫不留情在逼問她，但還能怎麼辦呢？在她告知這種事情以後。
第二天俊到了公司打開桌上的電腦，有一大堆需要處理的信件。
愣了一愣，才想起是因為在上班路上的電車裡沒能用手機先處理掉一些。平常都是這麼做的，今天卻腦袋空空。當然是想著咲步的事情。

今天早上一如往常，兩人一起吃著咲步準備的早餐。沒有提到昨天晚上的事情。俊想著我應該說些什麼呢？卻又感受到咲步拒絕談那件事情。無論如何他也不知道該說些什麼，只好三言兩語講著天氣以及今天兩人的回家時間，回想起來簡直就像是吵過架的第二天早上。而且相當不講理的是這場吵架中不好的是俊，所以他一直想著自己得說些修復關係的話語才行。

十點開始要開會。一邊想著得快點處理信件才行，游標卻離開了信件軟體而打開瀏覽器搜尋。輸入「月島光一」，這是昨天從咲步口中問出的名字。好像有在哪裡看過是什麼「文化中心小說講座超人氣講師」之類的，但也就這樣。具體來說是完全不認識。要不是這種事情，根本不會對那種人有興趣。搜尋到的網站有照片也有影片，是個看上去彷彿個性強烈的演員、五官強烈的男人，頗為帥氣，是那種會覺得真希望生下來就長這樣的臉。

咲步和他的事情還沒有被報導出來，所以並沒有任何相關資訊。也沒有看到其他類似的告發、傳聞或者中傷之類的東西。似乎有不少人在上過這男人的課之後成了職業作家，還有人拿了大獎，大部分網站都是在講這類事情，一面倒的稱讚。也有幾個網頁是去上了月島課程的學生個人部落格。指著白板說些什麼的月島照片；還有在類似居酒屋包廂中幾個人開懷大笑的照片之類的，雖然對於是不是有拍到咲步感到很緊張，不過她是七、八年前去上課的，所以並沒有在當中發現她的身影。但還是忍不住尋找著妻子的名字。如果把妻子的名字當成關鍵字，會不會有哪裡寫下了月島所做的事情呢？但不管是用柴田咲步，還是用婚前的九重咲步去重新搜尋，都沒有任何資料。網路上能看到咲步的，就只有她上班的動物醫院網站上那個「工作人員介紹」。俊點進了那個分頁，身穿水藍色制服的咲步和另外三位護理師一同笑著。比現在年輕許多，這是什麼時候拍的照片呢？這是和月島光一發生性行為之前還是之後呢？

已經搞不清楚自己要找什麼，俊再次回頭看月島的影片。點開來播放的是電視上以他做為特輯節目的預告之類的影片，這時的他也是站在白板前，以宏亮而通透的聲音說著。「寫小說沒有任何壞處。不過有時候寫小說也是很無聊的。」「外遇之戀，也很好啊？我認為因為是外遇而不想繼續下去才是不純。純愛到底是什麼呢？」

俊關掉影片，回頭看信件軟體。雖然是覺得已經夠了，但心情上並非厭惡，更像是挫敗感。月島光一這種人，還有他所說的那類話，先前對於俊來說都是毫無關係的。雖然知道有那樣的世界，但覺得和自己並沒有任何關係，而且沒關係也無所謂。但咲步卻在許久之前就認識那個男人，她去上那男人的課，聽了那些話。或許就像影片中拍到的學生們那樣，眼神認真地點頭。然後就被那男人強暴了。

但強暴是我說的，俊思索著。雖然我問咲步是被強暴嗎？她也點了頭，但真的是強暴嗎？畢竟是她自己去了飯店、跟著進了飯店房間，這樣是不是不算強暴？週刊雜誌的報導似乎是用性騷擾這個詞彙。性騷擾。是這樣嗎？咲步說她無法開口說不要。因為她覺得為了寫出好小說就得要做那種事情，拒絕好像很奇怪……雖然想著這和自己所知的事情似乎不太一樣，但對方還是如此強迫、麻痺了她。

麻痺她的就是月島光一。明明想要逃的話隨時都可以逃走，最後卻發生關係，因為對方是月島光一。這是不是表示因為咲步也心儀他呢？就像是他說「外遇之戀，也很好啊？」或許他說了、或者用態度表示「和我發生性關係也很好啊」而咲步無法抗拒。這樣算是性騷擾嗎？

高中畢業後第九年才開同學會，俊當時就一直想著九重咲步會來嗎？真希望她會來啊。

俊和咲步在高中三年級那年同班，俊當時就喜歡咲步。咲步很可愛，所以非常受男生歡迎，但俊當時想著自己和其他人不一樣，是真的喜歡咲步。

這麼說來——俊回想著，如果在國文課上有作文或者新詩作業，咲步的作品經常會被老師挑選出來在大家面前朗讀。原本應該是寫的人自己朗讀，但咲步怎樣都不願自己讀，結果還是老師朗讀。俊總是一直偷看著那段時間內低著頭的咲步側臉。就連和她結婚以後，只要回想起那時候她的表情、低垂的眼睛、長長的睫毛和略略噘起的嘴唇，內心都會湧現一陣青澀的甜蜜，也記得她那時候就能寫出會被老師選出來的作品。

同學會是在黃金週期間於澀谷的居酒屋舉辦，俊抵達的時候出席者已經三三兩兩坐在包廂裡頭，咲步也到了，但不知為何身旁的位子卻空著。後來才知道原先坐在那裡的某個男人正好被人叫出去，所以剛好離席。而俊毫不遲疑地——應該說根本沒有遲疑的餘地就補進那個座位。後來在同學會上才設立的LINE同學群組裡面報告自己和咲步結婚的事情時，大家才提起那個座位的事情鬧他。

和咲步交往以後，俊就和大學時代起斷斷續續發生關係的女性分手了。咲步說自己在專科學校交到的男朋友幾年前已經分手，之後一直沒有男朋友。兩個人的交往順利到難以置信。俊受到二十七歲的咲步吸引，甚至覺得高中時的戀情不過是扮家家酒，卻也不懂為何咲步會如此強烈需要自己。話雖如此，那也只是在精神部分。在接吻之後花費了好長一段時間才進展到下一個階段。咲步當時是說，她並不怎麼喜歡那個行為。俊想著可能是受到以前男朋友的影響吧，並沒有多問。原先覺得那是自己對咲步的溫柔，現在想想或許自己根本不想知道。

現在想想。

沒錯，現在知道了那種事情，回想起來和咲步之間的各種事情就有了別的解釋。會推卻性行為，不是因為以前的男朋友，而是因為月島光一吧。又或者這種情況下，應該把月島想作「以前的男朋友」呢？她的心會猛然倒向我這裡，或許是為了揮別她與月島的記憶。咲步也許根本不愛我，只是想逃離月島。腦中一直無法抹去的事情就是同學會上與我重逢的時候，咲步已經和月島發生過關係。我和咲步開始的時候，月島已經存在了。如果沒有他的話，或許我們根本也不會開始。

能夠順利和咲步做愛以後，原本以為馬上就能懷孕，但到現在都沒有孩子。這件事情也是受到月島影響嗎？又或者該說，剛開始和咲步交往的時候沒能馬上發生關係、馬上就有孩子真是太好了，這樣想才對？畢竟那有可能是月島的孩子。混帳，我這是在想什麼！

「沒事吧？」

俊開口詢問。

「什麼？」

咲步低著頭回答。俊已經無法從那張側臉回想起高中時的國文課時間。

「沒事就好。」

俊喃喃說著。還是一樣，沒有說更多話、也沒辦法說。也不知道咲步希望怎樣。而且還是一樣，家裡有種除了兩人以外的某人或是某種東西。一直有那種感覺，俊就覺得自己似乎回到了七歲的時候，在弟弟罹患會致死的重病時。

在電車上看到吊牌廣告是在咲步告知月島之事的十多天後。「超人氣講師　月島光一遭學生告發性騷擾」的大標題之下，還寫著「接連推出芥川賞作家　大受歡迎文化中心講座的『課外教學』」「好幾次都被叫到飯店去……」等。下了車馬上就到附近的商店買了那本週刊雜誌，遞給店員五百元銅板的指尖在發抖。

幾乎是腦袋空空在工作等著午休時間，為了避免遇到公司的人，還特地跑到比較遠的咖啡廳去。一開始想著還是不要看、丟掉就好了，但在讀過以後卻又重複看了好幾次。上面寫了很多咲步沒有告訴俊的事情，應該說她自己說的就只是其中的一部分而已。受到最大震撼的是上面寫著咲步和月島去飯店「三次」。三次。不是只有一次嗎？

那天晚上咲步很晚才回家，俊也沒有力氣做些什麼，說到底根本沒有食慾，所以在便利商店隨意買了便當放在桌上等著。週刊雜誌在公事包裡，明明心想還是別看了，但因為咲步一直沒回家還是拿了出來，就在此時聽見了大門打開的聲音。

「你可以先吃啊。」

咲步說這話的同時表情有些僵硬。

「你買了？」

她的語氣似乎有些責備，沒等俊回答就進了洗手間。

「剛好看到廣告。」

俊在妻子回來後回答。雖然心裡想著為什麼我得要找藉口、這實在不合理。咲步默默在桌子另一邊坐下，拆開了便當的封膜。

「太忙了，沒空想菜色。」

就連便當都要找藉口。

「家裡就有啊。」

「咦？」

「那本雜誌，家裡就有啊。寫那篇報導的人有寄來。」

「有的話是放在哪裡？怎麼不跟我說。妳藏起來了？」

「我沒有讀啊。不想讀。那種東西不看也沒差。」

咲步面對著便當盒子三言兩語說著。騙人，俊想著，怎麼可能沒有看。

「我看了。」

咲步一語不發。或許是因為這樣，總覺得自己是為了傷害妻子才那樣說的，明明只是告知事實。

「怎麼可能不看，畢竟是妳的事情啊，我會擔心內容是怎麼寫的。」

「……所以呢？」

咲步仍然低著頭，俊感受到她比剛才更加窘迫。

「真的嗎？那些內容。」

咲步抬起頭來看著俊，這天晚上兩人第一次好好對上視線。她打算回答些什麼吧？或許是要解釋些什麼。在訪談中被誘導了、或者是上面寫了些她沒說過的事情。但咲步卻站了起來，離開餐廳。俊垂眼望下那連蓋子都沒打開就被放置不管的便當，耳邊傳來臥室房門關上的聲音。

通勤時的習慣改變了。

俊不再看工作的信件，而是搜尋著網頁和推特。

俊和咲步都沒有使用ＳＮＳ，但是應該會有人在某些地方談論週刊雜誌的報導吧。俊實在是想確認那些內容，結果就看起了推特。畢竟搜尋網頁也幾乎都是看到推特，而且也有好幾種關於那則報導的標籤。

標著「#性騷擾」和「#月島光一」標籤的推文大多是讚賞「被害者A小姐（這是說咲步）」的勇氣，通常都是指責月島。但是也有些推文質疑報導、認為事情不對勁。他們說都七年前的事情了為什麼現在才說；是不是有人要陷害月島所以利用了A小姐之類的。這類推特的標籤是「#男性才是被害者」，點下去搜尋會看到更多顯然是要中傷被害者的惡意內容。簡單說來就是什麼戀愛糾紛、無法成為作家的怨恨、求名……

為何自己會一邊對於那種來自毫無關係陌生人的惡意發寒，卻又在恐懼中想要繼續搜尋下去呢？拚命操作著手機，猛然回神的俊悄悄窺視著周遭。總覺得有人在偷看自己。報導中明明完全看不出來「A小姐」就是柴田咲步，但感覺在這列車上的某個人，或這世界上的人知道A小姐就是咲步，而身在此處的自己就是她的丈夫。然後在背地裡嘲笑抓著吊環拚命滑手機畫面的自己。

果然很像，俊想著。就像弟弟開始惡化的時候一樣，父母一直到最後都隱瞞弟弟早晚會死的事情。即使如此，七歲的俊還是知道情況逐漸惡化，就是那時候的感覺。全世界都知道那件事情而憐憫著俊，就只有俊被關在透明的箱子裡，不知道該怎麼出去，像是個稀有動物，或是長相醜惡的稀奇東西被大家盯著看。

俊一邊感受著那透明箱子，好不容易才逼自己處理工作。這天午休，俊和兩位同事一起出去吃午餐。要不要一起去吃飯？因為覺得對方如此邀約卻毫無理由拒絕，對方肯定會覺得奇怪。俊不想接受因為咲步的事情就讓至今為止的自己變質或者受損，這件事情也和七歲的時候一樣。

三人去了間有些距離的餃子店，因為其中一位同事說很久沒吃那間店了想去，大家就去了。這間店的確是好吃、評價也不錯，但俊也好一陣子沒來了。除了吧檯以外有兩張桌子，他們在其中一張桌邊坐下。在和同事聊天的途中一直覺得說話的不是自己、而是類似自己的外皮之類的東西，那個邀大家來餃子店的男人忽然想起了什麼而說著：「對了，那女生不見了。」

「這麼說來的確是沒看到了。」

另一個同事說。

「應該是去年在這邊工作吧？」

「肯定是辭職了啦。」

「畢竟一直在這邊工作也很奇怪吧。」

「對啊，還滿有毅力的，但最後還是辭職了呢。」

「是這樣嗎。」

畢竟完全不發表意見也很奇怪，所以俊還是開了口。「那個女生」指的是以前在同一層樓隔壁部門工作的女性員工。她是去年春天辭職的，聽說是向上面申訴自己遭到同部門的男性性騷擾，結果公司反而是讓她離職。不知道事情是不是真的，不過她去年春天的確離開公司，之後好像在這間餃子店工作了一段時間。有傳聞說她再次就業（？）選擇離公司這麼近的餃子店，是要監視那個騷擾她的男人。

俊沒在店裡見過她，今天邀大家來的同事以前也曾經說過要不要一起來看看，他苦笑著回絕了。不管她發生了什麼事情，俊都沒有興趣，只覺得看著那樣的女性一邊吃餃子這念頭實在太差勁。但現在卻想著或許該來看看的。

「她那時如何啊？」

「咦？」

正當話題要轉移的時候卻提出問題，同事也是有些疑惑。

「……喔你說她啊，感覺很陰沉呢。沒心思化妝、老了許多的感覺。」

「會不會是演的啊？」

另一個人開口問。

「如果是想表示性騷擾是真的，那樣是反效果吧。應該要更氣呼呼才行吧？」

「氣呼呼。」

兩個人都笑了，所以俊也跟著這麼做。餃子剛好送上來，對話便中斷了一會兒。

「你有在做餃子之類的嗎？」
同事忽然朝著俊問。
「咦，我嗎？不，我只會煎，就買冷凍的……」
俊有些緊張地回著，另一個人問說是在說什麼？詢問俊的男人則幫忙回答柴田每天都會做飯喔。
「每天？回家以後？怎麼可能啊～」
「呃，因為她比較晚回家。」
「是因為愛啦，愛。」
「嗯，因為愛吧。」
兩人就這樣下了結論。俊以曖昧的笑容回應，在心中說著我老婆跟月島光一睡過了。俊感受到自己變了。變質、而且損壞。
「沒事吧？」
俊這天也如此詢問咲步。還是一樣沒什麼食慾，但準備了晚餐。腦袋放空隨手拿的「高湯鍋底」和材料裝進土鍋裡，在兩人之間咕嘟咕嘟煮著。
「這是什麼？」

咲步回答。好像是在說火鍋的事情。俊一邊覺得煩躁，還是回答了「咖哩什麼的」。喔。咲步點點頭，俊似乎在等待著妻子回答問題，但接下來卻是一片沉默。

「有人跟妳說什麼嗎？」

所以俊開口詢問。

「說什麼？」

「週刊雜誌上的事情……有沒有人發現什麼、或者要探點口風之類的？」

「沒有，怎麼可能有。對方說好了會寫成絕對不會知道是誰的。」

俊沉默不語。心裡想著總之該點點頭表示了解，身體卻僵硬到無法反應。

「但妳是自己打電話給週刊雜誌的吧？」

過了好一會兒俊又開口。

「是沒錯……所以呢？」

「妳自己聯絡對方，卻又說絕對不能讓人知道妳是誰，好像有點奇怪。」

「什麼意思？」

「不是……抱歉，不是什麼奇怪的意思。只是忽然想到而已……沒什麼，抱歉。」

其實俊也不知道自己到底是打算說什麼。土鍋中的黃色湯頭開始收乾，咲步關掉了桌上型瓦斯爐的火。

「是不是我不應該聯絡週刊雜誌？」

「我沒這麼說。」

但我是不是想這麼說？

「你覺得我讓你很丟臉嗎？」

「怎麼會這麼說呢。」

電話響了起來，聲音從咲步放在沙發上的包包裡傳來。咲步起身去拿電話，有時候雖然不是上班時間，動物醫院還是會有緊急聯絡，所以咲步只要聽到電話響就會接。俊發現自己希望那通電話是通知有急診病患、或住院中的動物忽然惡化之類的，而妻子馬上就會出門，那就太好了。

「喂……咦？……喔，你好……」

但打來的似乎不是醫院的人。

「我不想談那件事情，抱歉，請不要再打來了。」

咲步掛掉電話後沒有回到餐廳，就這樣在沙發上坐下。

「誰？」

俊開口詢問。

「文化的人。」

是指文化中心的人嗎？這麼說來咲步說的「那件事情」肯定就是月島的事情。

「對方說了什麼？」

忍不住強硬些詢問。

「沒說什麼。」

咲步回答後便進了房間。

俊把幾乎沒減少的火鍋內容物都拋棄到水槽裡，洗好東西後，咲步還是沒回到餐廳。洗過澡後，打開電視看看新聞消磨時間再去臥室，燈還開著，而咲步已經在兩張並排的單人床其中一邊捲著被子。

俊關上燈縮進自己的床鋪。雖然這陣子都是這樣，但今天要睡著似乎會更加艱困，總之還是先閉上眼睛。咲步似乎在動——棉被也被掀開，咲步來到自己身旁。哇被抱住了！俊在內心吶喊著，而且咲步還伸出手來抓住他的陰莖。但他心如止水。過了好一會兒，俊抓起咲步的手從那個位置移開，說了聲「抱歉」。

俊雖然希望咲步從自己的床上離開，咲步卻沒有移動，難道是要我出去嗎？或許應該要開燈比較好。但現在實在是不太想面對咲步。黑暗就像是另一張棉被覆蓋著兩人。又或者是……俊腦袋裡浮現的是電影裡面那種包裹屍體的塑膠布。

「我錯了嗎？」

咲步在黑暗中說著。

「我希望妳是先跟我說。」

俊回答。

「說的話會怎樣呢？」

肯定會阻止妳聯絡週刊雜誌吧。俊雖然這麼想，卻沒有說出口。

「反正我……什麼都不知道，所以也不知道應該怎麼想。我也根本就不知道妳有在寫小說。」

「已經沒在寫了。遇見你的時候就沒有在寫了。」

「如果就只是那種程度，為什麼……」

話就這樣溜出口。如果就只是那種程度，為什麼要乖乖聽月島的話？結果根本不是小說如何，只是被月島弄得很爽吧？心中還在想著一大堆這類事情。就連自己都驚訝著我是在想這些事情嗎？

咲步離開了床鋪。

俊一個人去了讓的第二十六年法事。

他根本沒先告訴咲步，雖然心想著是因為思考的事情太多所以忘了，但也可能是故意沒說。最近幾乎沒和咲步對話，那個星期天告訴她說自己要去參加法事，她就像是早就知道一般毫不驚訝地點點頭。俊對聚集在老家的參加者——爸媽、祖父母、叔叔夫妻和伯母夫妻說明咲步缺席是因為「有急診患者」。

「真是快啊，已經二十六年了。」

在僧侶離去以後，叔母在客廳吃著外賣便當說著。上次二十二年法事的時候好像也有人說過類似的臺詞，只是數字不一樣。一個五歲時就死去的孩子，都過了二十多年實在也沒什麼其他事情好說。

不過家裡的印象和二十幾年前幾乎沒有不同，就算換了新的沙發、電視更大臺了，裡面的空氣和氣味也還是和弟弟逐漸虛弱那時給人一樣的感受。

「活著的話幾歲啦？」

「三十二？三十一？」

「三十一吧。」

「和俊差兩歲嘛。」

為了對話而開口說出的對話，成為玻璃牆壁向自己逼近，俊再次覺得自己被關在透明的盒子裡。

「實在太好了，至少俊有好好長大還結婚了。」

俊想著，祖母好像是在說我的事情。

「對、對，小讓死掉的時候就連俊都變得怪怪的。」

「好長一段時間都沒開口說話。」

「也有去找專家商量，結果還是靠時間解決的。」

「這也沒辦法，畢竟弟弟死了啊，他也還是個孩子。幸好有振作起來。」

以前有說過這些事情嗎？為什麼今天要說這些？但既然有人提了就試著回想那時的事情。被告知讓死去之後，心想唉呀這樣就結束了、不會再有奇怪的感覺，可以從盒子裡走出去了。結果有好長一段時間都厭惡自己竟然因此感到鬆一口氣。

桌子並不大，所以大家都把便當放在膝上，而桌上則擺著茶、茶壺和保溫瓶，以及小小張裝了讓照片的相框。天真無邪笑開懷的讓。因為每年都看著這張照片，結果再也想不起來讓其他表情。不知該如何是好，俊拿起了相框。

「但讓還是最可憐的，他也想再活久一點吧。」

母親淚眼汪汪地喃喃說著。

小荒間洋子

「該怎麼說呢。」

櫻川瑞江開口。洋子正在與她通電話。櫻川瑞江打電話來是要謝謝洋子幫忙寫了文庫本的解說文章，正事結束後又提了另一件事情。洋子在岩手縣家裡，從上星期就在這裡了。雖然是三月卻還相當寒冷，一大早就放了大量薪柴到暖爐裡。

「月島先生……情況好像不太對呢。」

洋子馬上理解，唉呀原來這個人是想談那件事情。雖然在東京的時候是會相約聚餐的人，但若只是要道聲謝，她通常是傳郵件或者寄信過來才對。會特地撥電話過來，就是為了探探那件事情的口風吧。

「那真的是讓我很困擾，一直有人打來說要訪問我。」

洋子如此回答。

「說得也是。畢竟提到月島先生，大家馬上都會想到妳。」

櫻川瑞江如此回答的時候，似乎完全沒想到她的電話也是洋子的困擾之一。

「所以妳有接受採訪嗎？」

「全部拒絕了。還有人說妳在電話裡說兩句就行了，但要是隨便擷取我的意思下定論也很麻煩，我還得一個個檢查然後請對方修正再送回讓我確認……我現在真的很忙，實在沒辦法做那些事情。而且我真的很討厭這類話題。」

「真的很惹人厭呢。」

櫻川瑞江同意著。

「妳認識那個告發的人嗎？」

「不，好像是在我離開文化中心之後一段時間才去上課的人。」

「哎呀，這樣啊。不知道有多少是真的呢？妳知道我會和月島先生一起做評審委員吧？就是那個地方上的小文學獎，評選就在下個月了，真不知道該怎麼面對他。」

「我想月島老師應該會自己提出來吧，就像他平常那樣。那篇訪談裡面應該也有老師的辯解吧？我想就是那樣。總之就是男女之間的事情，只是事後處理沒有做好，或者說是選錯了交往對象……這樣講好像也不是很好，不過文化中心的小說講座，常常會有些怪人來上課呢。我也是其中一人就是了。」

櫻川瑞江客氣地笑著說：「說得也是。」

「應該過一陣子就會平靜下來了吧。在那之前可能有些委屈了，妳在評選會遇到他的時候就安慰他一下吧。」

「說得也是，我會的。」

櫻川瑞江掛了電話。她擔心的——或者說想知道的事情，不是月島而是我吧。講白一點就是想知道他有沒有**對我出手**。這樣不知道有沒有滿足她的好奇心呢。

洋子覺得有些煩躁，一個不開心就拔了電話線。從昨天起就一直有人打電話來。但想想拔掉電話線也等於是某種回答，還是馬上把線接了回去。結果還沒過三分鐘，電話就又響了起來。

「我是《週刊火花》的及川……不知道是否方便和您談談月島光一先生的性騷擾問題一事呢？」

果然是來問能不能採訪的。洋子正打算如同剛才對櫻川瑞江所說的馬上拒絕，忽然又想到可以只接受一家雜誌社的採訪就好。這樣一來，就可以拒絕掉其他間了吧。

「現況我是打算相信月島老師的。」

洋子開口說著。

「所以您認為並非性騷擾囉？」

「我無法斷言，畢竟我並不認識那位告發者，也只在報導上看過她所說的話。應該說只根據這些資訊的話，在我心中還是比較相信月島老師的。」

「您在報導刊出之後曾經和月島先生談過嗎？」

「沒有。」

「這樣的話，要不要和月島先生對談呢？」

「咦？」

洋子接受了。沒想到會發展成這樣，不過她也想著，或許這樣是最好的。我和他對談以後，順利的話他的名譽就能恢復了吧。這樣一來這件事情就會結束。

下午洋子開了車出門。

道路上積著薄薄一層雪，昨天晚上有稍微下了一會兒。似乎有寒流來了，馬上又要下雪的樣子。

雖然帶著手機，但關於月島的電話幾乎都是打到家裡那支去，所以能夠稍微獲得解放感覺也不錯。話說回來也不是因此逃出門的，是到車站去接客人。

「洋子小姐！」

到了圓環就看見兩人在車站蹦蹦跳跳，是小姑清佳和五歲的姪女小花。清佳在去泰國玩的時候和當地的導遊談了戀愛結了婚，現在自己也成為導遊住在泰國。畢竟爸媽還在這裡，所以一年會回來日本一次，通常也會順道拜訪洋子。先前都是在東京見面，兩人是第一次來岩手縣。

「很冷吧？怎麼不在車站裡等……」
讓兩人上了車子後座後，洋子開上回家的道路。
「因為小花一直想摸摸雪啊。」
「小花是第一次看到雪？」
「那個、嗯，我有在平板上看過。」
「居然是平板。」
「這裡真是個好地方呢。」
「爸媽都好嗎？」
「都好，他們也要我跟妳打個招呼。爸還穿著妳送的日式短外套呢。」
「小花我、我，跟外公一起練習腳踏車喔。」
「喔？那妳會騎了嗎？」
「嗯！」
「還差一點吧？」
腦袋清晰、個性俐落的小姑是非常容易往來的對象，與她們母女說話實在很有趣。另一方面今天總還是有些緊張，可能是因為很在意清佳是否知道月島那件事情。
小姑也約略知道洋子的小說老師是個叫做月島光一的男人。

但她似乎完全沒聽說那件事情。雜誌之類的地方在說明月島的簡歷時，通常也都會列出洋子的名字。如果清佳知道的話，那可能就是公婆跟她說的，不過他們都是些不太接觸世事的人，應該不會看到週刊雜誌的報導或者八卦節目吧。太好了，洋子想，真的是不想再談那件事情了。

清佳看見被森林包圍的洋子家時歡呼了起來，進了屋子後，在洋子去泡茶時到處走來走去，結果看見了擺在一旁裝飾架上的亮二照片。將紅茶拿到客廳，正好看到清佳和小花坐在照片前雙手合十。阿亮，這邊很冷吧，但是個好地方對吧。小花大概不是第一次看見母親對著遺照說話，甚至開口詢問：「這裡也有舅舅嗎？」

洋子雖然不會將話說出口，但也常在內心對著死去的丈夫照片說話。如果因為什麼事情迷惘的話，就會根據那時遺照給自己的感覺想著「哎呀果然還是別這麼做好」或者「應該可以吧？」之類的。但發現自己這幾天似乎根本沒接近過那遺照。

「太好了，很熱鬧呢。」

所以洋子像是在遠一些的地方對著照片搭話，試著將話說出口。但這句話似乎帶著作戲的語感。獲得芥川賞以後，電視節目來拍攝洋子的日常時也請她對著遺照說話，現在卻比那時候還要來得更加做作。

亮二去買甜甜圈。他工作的鄉土資料館午休，吃完洋子幫他做的便當以後，自己騎著腳踏車出去。車站前有個小小的、口味不錯的甜甜圈店，他有時候會買回家來，所以洋子也知道那間店。我要去買甜甜圈，有人要吃嗎？亮二如此詢問同事，然後離開資料館，在回去的路上就出了車禍。他在資料館一百公尺前的路口要過馬路的時候，被捲入左轉的大卡車下。

那是十七年前的事情了。洋子二十六歲、亮二那時二十八歲，兩人結婚後同居都還沒半年。去買甜甜圈的亮二死掉了。在他死後好一陣子，洋子不管對誰都是嘻嘻笑地這樣說著。但那時候的事情就像是一團爛泥，洋子幾乎對於自己做了些什麼毫無記憶。

決定把孩子打掉也是在那團爛泥中發生的事情，當然是憑著自己的意志前往醫院、以自己的意志決定的，因為覺得亮二死了所以只能這麼做，也記得自己思索的內容。但後來想想，那時候的自己根本就不是自我。當時完全不了解自己要做的事情有什麼意義，又或者說根本沒有去思考。知道洋子懷孕的只有亮二，所以洋子也沒有告訴任何人自己墮胎的事情。現在也完全沒有人知道。

能夠從泥沼中脫離是因為開始寫小說，並不是寫亮二的事情，而是將像是自己的女人置入各種境遇當中，想像她們發生各式各樣的事情然後寫下。寫下那些想像，就覺得那些女人在小說中對於人生的理解，或者得到某種力量之類的東西，流入自己的身心。

因為想知道自己這樣寫下的小說，其他人讀起來是什麼感受，所以去了文化中心，在那裡遇見了月島光一。和他聊了許多小說的事情——不管是上課中或者是其他地方。「妳的小說有空白。」有一次月島是這麼說的：「有絕對不能碰觸的事情吧，總覺得可以理解。這點當然也會成為一種魅力……對我來說，會非常在意那段空白。那件事情可以不用寫出來沒關係，但我會想讀讀盡可能接近那段空白的東西。」

月島雖然知道洋子在結婚後半年就失去了丈夫，但是當然不知道她墮胎的事情。然而洋子認為他所說的「空白」就是指那個，因為自己內心也明白書寫的時候總是繞著那個問題打轉。從那時候起對於月島做為小說老師的信賴就成了絕對的信仰。之後只要和月島聊越多，就更能明白自己與寫下的小說之間的關係。洋子認為自己能夠拿下文藝雜誌新人獎，以及之後拿到芥川賞而能成為職業作家，都是自己的力量。但若沒有遇到月島的話，想來也不會有現在的自己。

第二天早上，雪已經積了五十公分左右，而且還在下雪。

隨便吃了點早餐，小花就奔出家門，昨天才剛開始玩雪沒多久天就黑了，所以打算今天好好玩吧。

洋子和清佳將客廳的輕便椅子轉往庭院方向，隔著雙層玻璃窗看那情景。昨天晚上起就一直下著雪，剛才清佳將雪壓硬一些，做成了小小的溜滑梯。雪橇是洋子用橡膠墊做的，小花坐在上面不厭其煩滑了好幾次。

「下次也帶雅提來吧。」

洋子說。雅提是清佳那個泰國丈夫的名字，昨天晚上吃飯的時候他打了電話來，清佳和小花輪流跟他講電話，光是這樣就能讓人感受到他們是多麼幸福的家庭。

「嗯，希望明年冬天能帶他過來，真想知道他看見雪有什麼反應。」

清佳笑了起來。

「洋子小姐也可以來泰國一趟啊，帶男朋友，幾個人來都行。」

「太棒了，但我得先交到第一個呢。」

「現在沒有嗎？」

「從以前到現在都沒有啊，沒有那種認真到可以帶去泰國的對象。」

「是不是理想太高了？」

「畢竟腦袋裡會把死去的人越來越美化嘛。」

「是嗎？我覺得比哥好的男人可多了呢。」

「妳說這種話，他今天晚上會冒出來喔。」

兩人一起笑了好一會兒，清佳披上外套去了庭院，洋子一個人望著開始堆起雪人的母女。不管有沒有要帶去泰國，其實在亮二死後洋子曾經交過好幾個「還算認真」的男朋友。甚至可以說丈夫死後還沒幾年，她就積極地戀愛。沒辦法持續下去與其說是因為過於美化死者，更有著個性不合、時機問題或者其他各類理由。那時候還曾想著是因為沒能遇到像對亮二那麼愛的對象吧？後來則是光要談戀愛都覺得萬分艱困——比方說，和相遇的對象彼此有那種預感、互相摸索、確認之後一直到發生肉體關係這樣的流程。想來應該是太過於熱中於寫小說吧。

電話響了起來，來自日式短外套——和送給公公的同款式外套口袋裡的手機。這是今天第一通電話，但不是打到家裡那支的話，應該不是要詢問訪談事宜的吧。不過總有某種預感，所以洋子離開窗邊、走到廚房才拿出電話，是沒看過的電話號碼。一瞬間迷惘了一下，還是接了起來。

「我是月島。」

果然，月島的確知道這支電話，洋子一直想著他也差不多該打來了。會是不認識的號碼，是因為月島說自己換了電話。

「因為一直有訪談電話打來，電話響到我連吃飯時間都沒有了，實在無法忍受。」

「您辛苦了。」

洋子回道。雖然這是空虛而毫無作用的話語，但一時之間也不知道該說什麼才好。已經很久沒有和月島說話，上次是什麼時候呢——應該是拿到芥川賞後，文藝雜誌辦的對談企劃以後就沒有吧。雖然兩人的手機通訊錄都有對方的號碼，但沒有繼續去上小說講座的課程以後，就沒什麼個人的見面機會，他也沒有特別聯絡自己。

「妳接受對談邀請了吧？太感謝了，真是幫了大忙。」

月島原先似乎等著洋子說些什麼，最後還是半放棄地自己開了口。

「希望能幫上忙就好。」

為什麼沒辦法好好開口呢？洋子感受到自己的嘴唇就像是掛了重物一樣下垂，結果又是一陣停頓。月島似乎深呼吸了一口氣。

「所以我想說應該先稍微討論一下。」

「好的。」

「我和妳去採訪旅行時候的事情，應該要怎麼說才好呢？」

「應該不用特別說吧。」

洋子好不容易拉開沉重的嘴唇回應。採訪旅行。根本沒想過月島會提起那時候的事情。

「不，我覺得刻意說一下會比較好。」

「刻意？」

洋子不知為何看向窗外。清佳和小花各自搓起了雪球。小花戴著洋子借給她而過大的手套，砰砰砰拍著雪球。

「我的意思是，由妳開口說出我們短時間內也有那種關係這件事情，應該會比較好吧。雖然不知道那是不是戀愛，但我們想那麼做所以就演變成那樣，就用妳的話來描述那件事情。我覺得應該可以用大人的關係、小說的關係之類用詞，嗯，小說的關係應該會比大人的關係來得好？

我自己的解釋也是類似這個樣子，這次和妳的對談我也不想說告發我的女性的壞話。所以我覺得這件事情由妳來說比較好，這樣的話她可能就會改變想法了。至少一般人對於她的主張的印象應該會有所改變吧，妳覺得呢？我希望妳先提出這個話題，大概參雜點笑意說我們之間也不是什麼都沒有啊之類的……然後我就苦笑著聽妳這麼說。哎呀雖然這樣還是會有人說我就是個放蕩男人啦，但總比被說什麼性騷擾還是強暴之類來得好。」

玻璃門被拉開，兩個人進了屋子，大概是因為雪變大了。小花尖聲笑著，清佳也高聲回應。

「我知道了，我會試試看。」

洋子如此回答。

在大鐵鍋中倒入高湯，丟下四個剝了皮的馬鈴薯，放在薪柴爐子上。最後放入大量奶油，打算晚餐的時候端上桌。大概再過一小時就把豬肉塊放進爐子裡烤。還有沙拉和起司。洋子想著，雖然這些不怎麼花工夫，但清佳和小花應該會很高興吧。

「妳這麼忙，我們還來打擾……」

清佳說著。不管是降雪或者積雪的情況都已經不允許她們在外面玩耍了，所以小花正在用電視看她們帶來的動物動畫ＤＶＤ——只要能看這個她就會心情很好了。

「妳可以不用在意我們，好好工作沒關係的。」

「我沒有那麼愛工作啦。」

洋子試著苦笑。在月島那通電話之後，家裡的電話又響了好幾次，就算不刻意側耳傾聽，清佳應該也都聽見了洋子迅速回絕吧。又或者是她感受到了其他事情呢？

結果洋子還是讓母女兩人待在客廳，自己進了二樓的書房。當然囉，畢竟也是有寫到一半的稿子，所以想著還是寫一下吧。要是她們在這裡的時間我一直黏著她們，清佳和我大概都會很累。

在書桌前坐下、打開電腦，等待螢幕亮起的那段時間，聽見自己腦中傳來了聲音。「……說老實話，月島老師根本是個醉鬼、而且有時候實在太愛女人了。不過我一定要說，月島老師真的是非常好、最棒的老師……」那是洋子最後一天上月島的課時，在等同送別會的課後聚餐上洋子所發表的簡短演講。不是有人拜託她說，而是她自己開的口。

「那件事情最好不要說出來。」這是男性編輯的聲音。和月島前去採訪旅行之後和他說了當時的事情，結果他是如此回應。一臉洋子說了什麼非常下流的事情，而且話才說到一半就被打斷，所以也沒能好好說清楚。但洋子還是乖乖照他吩咐，沒有繼續說下去、也沒有再跟別人提起過。後來過了不久得到芥川賞的時候，那位編輯委託自己和月島對談，洋子也答應了。「我和洋子的關係是很特別的。」月島是這麼說的。那是兩人對談中的發言。「老師，這種講法會引來誤會吧？」洋子回道，而且是笑著這麼說。會場是在飯店一個小廳，兩人在軟綿綿的沙發上對坐，另外有編輯們、攝影師和助手等各種工作人員——總之有十多雙眼睛看著他們。

洋子為了揮去記憶而起身，想著去看看馬鈴薯的情況好了——雖然肯定還在煮。才剛要下樓梯，四周忽然一片黑暗。清佳短短尖叫了一聲。是停電。小花也高喊著媽媽！看來母女兩人沒有在一起。沒事、沒事的！洋子一邊喊著一邊走向客廳，薪柴爐子的火還微微亮著，清佳可能去了廁所，所以洋子先來到小花身邊，孩子馬上抱緊了洋子。

「雪堆積在樹木上、太重了，所以樹木會倒下來，就弄斷電線了。所以才會沒有電。家裡有蠟燭也有油燈，沒事的。」

為了讓孩子安心，洋子才這麼說，但其實她也相當緊張——明明這還挺常發生的。雖然想著要去拿蠟燭或油燈，但小花就是不肯放手，洋子也抱起了緊抓著自己不放的孩子。孩子又小又溫暖而且柔軟，就好像懷裡抱著的是說不定原本能一起待在這裡的自己的那個孩子、又好像是抱著自己。回想起來其實很不情願。

那時候是不情願的，要和月島住在同一個房間裡。採訪旅行是兩天一夜，地點是鹿兒島的指宿。在幾乎不會遇到觀光客的六月初，隨便挑選的觀光飯店明明還有很多空房，月島卻只跟櫃檯要一個房間。可以吧？畢竟是我跟洋子嘛。反正可能會在房間裡喝酒聊天講一整晚的話，兩個房間太浪費了。聽月島這麼說，洋子點了頭，心裡卻不是很情願。月島刻意那樣說明兩人同房理由的態度，是從相遇起就讓人覺得不舒服的事情。

但還是遵從了。如果硬是要分房，反而有種對於那件事情刻意多心，更讓自己感到不舒服。洋子一直自豪著月島目前為止都會一直跟她說上許多關於小說的事情。在毫無顧忌的話語往來中有時也像是吵架，也曾經受到傷害，但那些都成為小說的糧食。月島常對自己說：「只有洋子能讓我聊到這麼多。」不想破壞那個「我和洋子」的關係。

入房的時候，那天的採訪已經結束了，所以他們先進房後又前往附近的鬧區喝酒。不管是在居酒屋還是續攤的酒吧，月島都和平常沒有兩樣，洋子暫時安下心來。但一回到房間，他就突然撲到自己身上。我一直想和洋子這麼做，能夠這樣真是太好啦。月島散發著酒臭如此說著——就好像洋子早就已經理解會發生這種事情。

根本就無法理解。我一點都不情願。被月島碰觸實在是噁心到不行。想從月島的手下逃出卻馬上被緊緊抱住，直接把她壓倒在床上。月島吸著洋子的脖子、手掀起了洋子的毛衣揪出胸罩裡的乳頭，洋子放棄了抵抗。一邊震撼於月島強硬對自己做這件事情，又想著若是抵抗，那麼就會變成比事實更加糟糕到無可比擬。而那個無可比擬的事實想必會傷害月島——不，比起他，應該更加傷害我自己吧。我相信月島、感謝自己能夠認識月島、託月島的福理解小說這種東西，然後獲得了我自己的小說方法。

月島射在洋子體外，一邊收拾著還說：「要是妳懷了我的孩子可就不帥啦。」他迅速穿上衣服離開床舖，嘴裡說著：「還要再喝吧？」然後打開了房間裡的冰箱。洋子也連忙穿上衣服。月島將罐裝啤酒遞給洋子，把自己手上的罐子遞過去碰了一碰，「乾杯」。那個男人真有趣呢，月島開始說了起來。他是在說那天採訪的事情，也就是居酒屋裡對話的延續。洋子沒辦法好好回答。結果月島問：「怎麼沒什麼精神？累了嗎？」不。洋子回答，接著拚了命裝出一如往常的樣子。這根本沒什麼，拚命這麼想著。就像是兩人喝酒時吵完架也會尷尬對笑然後乾杯一樣，只要這樣撐過去就好。

還以為能撐過去。之後也還去上月島的課，在停課後或成為小說家後，也曾見過幾次面。但後來他都沒再索求肉體關係。或許是因為洋子極力避免兩人獨處的機會，那種態度可能也讓月島有些退縮，他也沒再說過什麼「怎麼沒什麼精神」之類的話。很平常的聊天，甚至會開開玩笑。但那也是一片爛泥，洋子想著。和月島見面的時候，身體裡總是塞滿了一種黑色泥巴之類的東西。剛才通電話的時候也是，才不是什麼大人的關係，怎麼可能是什麼小說的關係。那天晚上月島的陰莖塞進自己身體裡的觸感始終沒有消失，所以對於談戀愛也變得消極了。我不情願啊，我明明是不情願的。

莫名有人輕碰自己的手，洋子忍不住尖叫了一聲。是打算抱過小花的清佳。沒事吧？清佳一臉認真地詢問。洋子搖搖頭，然後站了起來，走向亮二的遺照。

《週刊火花》委託的對談會場是在他們出版社裡的會議室。洋子抵達的時候，月島還沒到。

「真是抱歉在如此寒酸的地方……因為月島先生現在很容易引人注目，他現在變得比先前更加有名了。」

先前打電話來的及川如此說著。這是洋子第一次見到他，是個樣子看上去讓人想到年輕時候月島那種略帶野心風格的青年，因為洋子沒有笑，所以有些迷惘的樣子。

「今天說什麼都行對吧？」

洋子問著，與其說是確認，不如說是宣言。又或者是向自己確認也不一定。「當然了。」及川雖然一臉疑惑還是點了頭。狹長的房間裡擺了張細長的桌子，中間準備了讓洋子和月島對面坐著的椅子。依照慣例除了攝影師以外，還有五、六個編輯貼在牆邊站著等月島到來。

「我不打算幫月島辯護，相對地會說出他對我做了什麼事情。他可能會中途離席，但我打算把話說完。」

「咦！您的意思是……」

正當及川要說些什麼，門外傳來有人說著：「月島光一先生到了。」洋子轉了過去，門打開後牆邊有個人跑了過去。月島的臉從那個背影後面冒了出來，和洋子對上視線後笑著說了聲「嗨」。

洋子感受到自己身體裡的黑色泥沼越發沉重，實在無法以笑容回應。

月島光一

磚紅色的皮革沙發在客廳裡不上不下。

雖然一樣是三人座，卻幾乎是之前那沙發的一．五倍大。不管是不鏽鋼腳、皮革質感和顏色，就連陳年後增添的氛圍都看起來相當糟糕。原先以為一陣子以後就會習慣了，但到現在還是難以接受。從決定購買到實際上送來為止，月島周邊的狀況已經大不相同。業者把東西送進屋裡來的時候，就好像是帶來了散發強烈惡臭瀕臨死亡的巨大動物一樣，現在也還是有這種感受。

月島拿著裝了紅酒的玻璃杯坐在那兒，早餐晚吃的時候就會來上一杯，餐後自己倒了杯酒拿來這裡。試著想像別人會如何看這樣的自己。原本這個姿態應該會在電視上播放才對。三天前那個跟拍月島的紀錄片節目告知停止攝影，他們開了會以後認為稍微延期一些時間會比較好，製作人是這麼說的。完全就只是講一聲決定好的事情，連道歉的言詞都沒有。或許他們還想著月島應該向節目道歉吧，但月島也沒有道歉。雖然等著聽對方要怎麼表示延期的理由，結果對方也沒有提到那點就結束了通話。與其說是延期，實際上應該是中止吧。

月島啜飲著紅酒。雖然不覺得好喝卻還是在喝——簡直跟叛逆期的少年一樣。今天稍晚還得出門辦事，那又如何呢？要是沒喝酒根本做不下去——反正喝這麼一點也不會醉。

文化中心講師的工作也沒了。在小荒間洋子突如其來「告發」之後，月島在那篇報導公諸於世之前就自己向辦公室報告。先前已經聽說在九重咲步的報導出來以後，有十幾通電話和信件聯絡辦公室要性騷擾講師辭職，所以覺得還是先想想應對方法比較好。因為會給你們添麻煩，如果要我辭職的話我就辭。雖然是月島自己開口這麼說的，但這也只是一種社交用語，反正他們一定會慰留我的。然而文化中心卻接受了他的辭職意願——或者應該說對方出其不意下了狠招斷後逃生才對吧。

月島一口氣喝乾玻璃杯中剩下三分之一的紅酒，杯子倒得太猛，大半紅酒都沒進到嘴裡，反而滴落在毛衣和沙發上。米色的毛衣瞬間有如濺滿血跡，月島嘖了一聲將毛衣脫下，煩躁不已地用那毛衣擦拭沙發。這時妻子夕里走了進來。

「你在幹嘛？」

這語氣簡直像是發現他在自慰所以質詢他。

「沒什麼。」

月島面無表情地回應。

「怎麼可能沒什麼。哎呀，你用毛衣擦？是紅酒？」

夕里大剌剌走了過來，從月島手裡拿走毛衣。在自己眼前攤開後，看了看毛衣、看了看沙發又看向月島。

「你又在喝酒？」

月島愣了一愣——夕里是會這樣對丈夫說話的女人嗎？

「要是讓人家知道你大白天就在喝酒，你也知道他們又會說些什麼吧？」

或許是留意到月島的表情，夕里轉變為有些辯解的語氣。

「別人要怎麼知道啊，這裡是八樓耶。」

一邊對於「他們又會說些什麼」這句話感到刺耳，月島還是勉強擠出笑容。

「可能會有隱藏攝影機……」

「誰哪時候裝了那種東西啊。」

這次實在笑不出來。夕里沒有回答，只是低頭看著那因為月島亂擦而更加擴散的沙發髒汙。

月島從妻子身旁鑽進了書房。

隨意套上丟在沙發床上的灰色運動衣，想起還得要出門又暴躁脫下，換上了條紋襯衫。

雖然想再喝一杯，但看妻子那樣子最好還是不要回去廚房吧。先前和夕里說過一次現狀，在第一篇告發報導出來的時候，是月島自己拿那本雜誌給她看。因為他覺得畢竟也無法一直隱瞞，還是自己告知比較好。妻子在看見雜誌封面的瞬間就臉色大變，在餐桌邊的椅子坐下，月島就在桌子另一頭等著她看完那篇報導。

「要離婚嗎？」

月島半笑不笑地對抬起臉來的夕里問道。就和他在文化中心表達辭意的時候一樣，只是口頭上說說。說什麼傻話。夕里和文化中心的職員不一樣，馬上就這麼回答，但月島卻覺得聲音實在太小聲了。

「這個人說的話很奇怪。」

「嗯，對啊，就是。」

月島思索著該怎麼說。畢竟他自己在報導中也清楚說著「有男女關係是事實」。

「真抱歉，不過就跟上面說的一樣，雖然的確是有男女關係，但也不是什麼一般人想的那樣。我不認為自己是出軌，跟那種情況不太一樣。」

「我明白的。而且這是很久以前的事情了。」

夕里低著頭，早已闔上了雜誌。

「這種事情大家馬上就會忘記的。」

「實在抱歉，真的是。但妳能理解真是太好了，果然是夕里。」

夕里略略微笑後起身，之後夫妻兩人就再也沒提過這件事情。被小荒間洋子告發的時候，月島已經沒再對妻子說些什麼。不過只要翻開報紙就能看到週刊雜誌的廣告，想來妻子應該都知道吧。

猛然坐到了辦公椅上。書桌一角堆疊著週刊雜誌，全部都是刊載了「月島光一性騷擾事件」報導的刊物。第一本是大篇幅刊載九重咲步告發的內容，另外還有之後跟著報導的兩本。而最上面是刊登小荒間洋子告發內容的那本，這當然也是大篇幅報導。要求自己發言而且給予回答的，雜誌社會自己寄來，另外兩本則是自己使性子去書店到處尋找自己名字買回來的。讀完報導以後也沒丟掉，就放在自己看得見的地方。其實每天都還會重讀，總覺得丟了就輸了。根本無法接受這些報導想說的事情，所以我才會收集雜誌、也不丟還反覆閱讀。

同時也追蹤網路新聞和SNS。月島自己沒有在用推特或臉書之類的，不過有趣的是只要搜尋自己的名字就會跑出來很多東西，實在是相當奇妙。先前一帆風順的時候根本不曾到處海巡，反正那些讚賞的言語就算不特別去找，也會闖進自己的眼裡和耳中。這次如果自己不去找的話，甚至可以覺得什麼事情都沒發生。畢竟沒有人會特地打電話或寄MAIL來跟自己說這件事情，為了其他事情而聯絡的人也實在相當厲害，沒有半個人提起這件事。原先認為是熟人或朋友的那些人，雖然沒特別責備或者詢問，卻也沒個安慰。會安慰月島、擁護他的反而是那些網路上沒見過的人。只要追蹤推特上那個「#男性才是被害者」的標籤，除了責備女性愚蠢的內容以外，還能看到不少和自己有著類似經驗的描述。他們大多是說「被陷害了」，月島也如此強烈想著。

「月島先生，那是強暴。」

這是和小荒間那場「對談」報導的大標題，也占據了封面的一大部分。另外附上了小標題「芥川賞作家・小荒間洋子當面糾舉月島光一！」。

月島翻開雜誌頁面，雖然不是頭條但也幾乎是差不多等級了。跨頁的右邊是小荒間洋子、左邊是月島的照片。小荒間緊閉雙唇，而月島則一臉錯愕。實際上是呆住了。這是在那天拍的照片，他甚至沒來得及說不准拍。因為原先應該是擁護自己的小荒間忽然就說出大標題那句話。

「月島先生，那是強暴。我今天就是想跟你說清楚那件事情，所以才來這裡的。」

「咦，什麼？妳在說什麼？哪件事？」

「你先前打電話給我，強調我們是『大人的關係』，還約好對談的時候要這樣說。真是抱歉我打破約定，但我實在沒辦法再無視自己的心。為了我自己、也為了其他被害者，我今天會說出實際上發生的事情。」

「其他被害者？妳是說妳是被害者？等等，等等別再錄了。」

報導中的「對談」開頭就是這樣的。然後寫著之後「由於月島先生強烈要求」而暫時中斷了錄音，之後月島「憤然」離席，因此對談也不得不中止。雖然關於月島動作的描寫多少加了些記者的主觀印象，但大致上是事實。這也只能離席了吧，要我面對那個突然說什麼我強暴她這種瘋話的女人，我要怎麼冷靜說話？

報導接下來的部分就是小荒間洋子的「獨白」。事情是發生在二〇〇九年六月十三日前往指宿採訪旅行的時候，小荒間洋子說日期有寫在手帳本上，所以確定沒錯。就算是沒有特別寫下，她也不可能忘記那時候的日期和場所。然後相當生動地敘述了「他一副理所當然地要我跟他住飯店同一間房」，還有那天晚上「彷彿理所當然向我索求性愛」的來龍去脈。

甚至連我們在飯店櫃檯詢問房間、和我將她推倒在床上說的話都如實重現，不管讀幾次都令人忍不住揪住自己的頭髮。但不是這樣的，月島想。寫在這裡的或許是表面上的事實，卻完全沒有寫到任何內側的東西。

會一副理所當然的樣子，是因為本來就是理所當然啊。事前就知道是只有我們兩個人去採訪旅行了，她不是也了解這點，還很高興地安排計畫嗎！

不，就算沒有想到我們會同房也是一樣，那天晚上兩個人會發生那種事情是非常自然的。白天的訪談相當順利，能夠找到她可以用來寫小說的資料，所以我們都相當興奮。因為那樣興奮，所以我們才會做愛。但她說什麼「我是不情願的，覺得很噁心但不知如何是好」，的確她一開始是有反抗，但我又沒有行使暴力、她也沒多久之後就放鬆了，這樣的話當然是繼續下去啊。男人的慾望就是如此。慾望。不，這個詞彙或許不太適當。就算是慾望，也和一般這個詞彙聯想到的事情不一樣。我希望她寫出好小說，希望她寫出前所未有的傑作，是這樣的慾求。我一直都是在這種慾求下、為了這個慾求而行動，所以才連公司的工作都辭掉。雖然不能說完全沒有性慾，但並非只有那樣。在跟她做愛的時候我想要相信，她之後寫的小說肯定是相當好的，我想注入我的力量。力量，應該也可以代換成愛吧。就是因為她了解我這個心思，所以才停止反抗的不是嗎。

對談第二天晚上，信箱裡來了封附上報導草稿的信件。上面寫著小荒間洋子說的部分基本上月島是無法修改的，但若要提出反駁或者解釋的話會一起刊載，還請在後天之前回信。和九重咲步那篇報導的時候一樣，因此月島也寫了跟上次相同的東西。關於慾望、關於自己這樣的男人，以及那些寫小說的女人之間所發生事情的複雜性。但確信自己感受到的東西她們也都感受到了這點，或許是錯誤的，若針對此點他願意賠罪。這些內容當然也有刊登在報導當中，但從告發的分量及熱度看來是絲毫不引人注目，而且閱讀那被列印在週刊雜誌粗糙紙張上的文字又更加沒有說服力，看起來就只是自我中心找藉口，因此月島實在不想去看那個部分。

下午兩點過後出門。

同一層樓走廊角落那間屋子的門上，被紅色噴漆畫了相當猥褻的圖案。大廳自動門前的地墊旁今天也有動物的糞便。這到底是怎麼回事呢？月島想。總覺得這些事情全部都是針對自己的攻擊。

快三點的時候，抵達接近調布車站的商務旅館，本市所舉辦的文學獎評選會是今天在這裡的場地進行，月島是評選委員之一。畢竟市政府那邊並沒有特地聯絡自己，總不好自己去問，所以還是出門了——對自己說人總得要生活，而且又不是犯罪。跨進小小的電梯正要按下「關門」，便看見奔過來那穿著和服的女性，是同為評選委員的櫻川瑞江。

「啊，妳好。」

「啊……您好。」

櫻川瑞江發現一同搭電梯的人是月島時明顯有些慌張，兩人稍微打過招呼後，她馬上低頭看著自己的腳邊。不知是有心或無意，總覺得她在狹窄的電梯中盡可能遠離月島，幾乎是黏在牆壁上。

「妳最近有和小荒間小姐聯絡嗎？」

月島詢問。由於櫻川瑞江是那種態度，他的語氣也略帶攻擊感。櫻川瑞江回頭的表情像是被老師責備的壞學生。

「不，沒怎麼……」

他知道櫻川瑞江和小荒間洋子頗有交情。「沒怎麼」是什麼意思啊，那是小說家能用的詞嗎？月島忍不住在內心諷刺著。

「小荒間小姐沒特別說我什麼事情嗎？」

「不，沒有啊。」

「妳看了《週刊火花》的對談吧？」

「我、我沒有特別仔細閱讀。」

滿嘴謊言。月島再次無聲吶喊，但可能表現在臉上了吧，櫻川瑞江明顯僵硬著。

「她到底是怎麼回事啊？很給人添麻煩耶，寫成那樣。」

月島更強硬地說著。把「給人添麻煩」這句話說出口以後，感覺就得到了某種力量，雖然可能只在這電梯的小小盒子裡管用。是啊，櫻川瑞江微弱地說著。

「畢竟這種事情，有些部分只有當事人自己才會明白呢。」

「就是說啊，女人的心理狀況那種東西，真是麻煩。就連小荒間小姐那樣的人，也會變成那樣呢。」

電梯停了，月島想著是否說太多了？卻沒漏聽先走出電梯的櫻川瑞江喃喃說著「是啊」。

總覺得這樣彷彿按下了個好的開關。月島心想，雖然走出家門的時候憂鬱的心情站了上風，但幸好有來評選會。一開始在這裡所有人的視線和話語都有種朝著自己而來卻又繞過自己掉落到地面那種氣氛，在所有人——市政府辦公室的三個人、櫻川瑞江以及另一名評選委員文藝評論家猿渡了這些成員都到齊並擠進狹窄的會議室、開始進行評選以後，氣氛就慢慢改變了。

從三年前開始，這個文學獎設立以來就一直都是月島負責推動評選，今年也一如往常。在五篇候補作品當中，櫻川瑞江和猿渡了評價都相當低的一篇只有月島特別推崇，但最後兩人都被月島熱烈說服，將那一篇列為最優秀獎。「月島先生真的是相當厲害的閱讀者呢。」櫻川瑞江感慨地說著，聽起來是真心話。那是當然了，月島想。我有絕對的自信能夠看出好的小說。能夠用不偏頗、平等的眼睛找出會發光的東西，在這方面別說是猿渡了，比起小說家櫻川瑞江當然是更加優秀。畢竟我比任何人都喜歡小說，我所有行動都是由此而行。想來除了月島以外，在場的所有人也再次確認了這件事情。

晚上六點，月島和猿渡了在調布車站附近鐵路旁的西班牙風小酒店的小桌子前對坐。在評選會結束要走出飯店的時候，猿渡喊住了他。猿渡之前給人感覺是不太擅長與他人往來，這是第一次跟他喝酒。最近月島總是盡量避開會受到他人矚目的地方，因此跟著猿渡進了店家，發現裡頭狹窄又陰暗真是鬆了口氣。不過他還是盡可能避免坐在離店長較近的吧檯，而是挑選了唯二的桌子之一。小菜就交由似乎來過很多次的猿渡去點，店家送上月島的啤酒和猿渡的氣泡酒之後，兩人碰了碰杯。

「今天評選花了不少時間呢。」

月島試著講些無關緊要的事情。

猿渡馬上回道：「哎呀，真是相當充實。」

這男人比月島年長個兩三歲，不管是工作方面還是外貌都只能說是「中庸」。

「我總是獲益良多呢……應該說舒爽許多吧，只要聆聽月島先生明確的意見就心情舒爽。」

「哎呀，謝謝……」

難道只是為了隨便聊聊所以才邀我嗎？不可能吧。醋漬沙丁魚和生火腿送了上來，兩人一邊吃著一邊隨口講著「真好吃」、「很下酒吧」之類的，實際上味道真的是很不錯，已經很久都沒覺得食物好吃了。

「那還真是慘啊，月島先生。」

秋刀魚盤子已空、又點了一瓶白酒的時候，猿渡終於開口。

「實在是給我添麻煩。」

月島回應的是和他告知櫻川瑞江一樣的話，內心想著，果然是要講這件事情，是因為想湊熱鬧的好奇心嗎？話說回來，這可是第一次有人當面對自己提出這件事情。

「我對小荒間洋子真失望。」

猿渡說著。哎呀……月島曖昧回應著，等他繼續說下去。

「真沒想到她是會那樣想的人。哎，雖然我只憑藉她寫的東西和訪談之類的認識她啦，也許她是很勉強打造出公關形象吧。哎呀真是的……說什麼強暴真是太嚇人了。」

「我是認為她有同意呢。」

月島慎選著言詞回答。

「說起來答應單獨跟男人去旅行，應該會說要分房之類的吧。」

「是啊。」

「你和她交往了多久？」

「該說是交往嗎……發生關係就只有那一次而已。」

「看吧。」

猿渡幾乎是相當興奮，順便幫月島倒滿酒。

「小荒間就是覺得這樣很討厭。一定是希望能繼續和月島先生你維持情侶關係吧。就是因為沒能繼續，傷了她的自尊心，所以一直潛伏著。然後因為這次的性騷擾事件，她就搭了順風車。應該是這樣吧。」

「我想大概是吧。就算說要繼續，我畢竟也是有老婆和女兒。既然如此，一開始就跟我說不要啊……」

不可以大意！雖然如此對自己喊話，月島還是忍不住開始多話了起來。猿渡哈哈大笑，他似乎酒力不強，已經醉了。

「男人就是這種生物啊。能上的時候就會上，人類就是這樣增加的。」

「沒有錯！」

雖然還沒醉，但月島打算喝醉所以聲音也大了起來。

「畢竟月島先生很受歡迎啊，這是帥氣稅啦。文化中心的女孩也是這樣吧？帥男人沒辦法如意變成自己的東西，所以才在那邊尖叫生氣。畢竟都是大人了，失戀就乾脆點承認啊，去喝喝酒自己想辦法處理心情啊。居然說什麼性騷擾……現在怎麼流行這種怪東西。」

「你這麼說真是……哎呀，謝謝，我覺得心情好多了。」

月島打從心底說出這些話，總覺得猿渡幫自己說出了那些在寫辯解話語時雖然有想到卻沒有打算寫出來的事情。而且是由他人之口明確說出——就算是醉醺醺而口齒不清的語調，也讓人覺得果然這種想法才是正確的，沒能寫出這種想法的「流行」才是錯誤的。

白酒瓶已經空了，又再點了一瓶紅酒，猿渡便開始說起自己的事情。關於他擔任講師的短期大學那些女學生有多麼幼稚、沒常識又狡猾。猿渡提到自己曾多後悔、多麼傻眼的那些經驗，雖然月島想著那就只是你被學生們藐視而已吧？但還是耐著性子聆聽。等到紅酒瓶也空了的時候，他的心頭已經被「我也被藐視」的怒氣占據心頭。沒錯，也就是月島光一被藐視了——藐視他的就是九重咲步，還有小荒間洋子。當然還有那些高高興興刊登她們「告發」內容的媒體那些傢伙。

第二天久違的宿醉，雖然腦袋很重但就是想動一動，所以月島上午騎了腳踏車出門散步。

在羽根木公園像孩子似地繞了好幾圈，心情愉快地回到公寓大樓。剛進腳踏車停車場，正好要出門的女性便打著招呼：「早安啊。」是住在同一層樓差不多年紀的小野夫人。

「早安。」

月島警戒著打招呼，小野夫妻知道月島的工作、也知道他的全名，所以理所當然也知道這次的事情吧。

「您看到石出家的大門了嗎？」

小野夫人牽著紅色的菜籃腳踏車似乎正要出門，壓低了聲音講悄悄話。

「喔……我看到了，那個真慘啊。」

是說那個下流的塗鴉。這麼說來今天早上也還在，那種顏料大概也沒辦法隨手就清掉吧。

「是不是有什麼外面的人入侵？有其他人家門也被畫嗎？」

「不不……只有石出他家，是有原因的。」

「有原因？」

「石出常常把貓放出來啊，雖然沒有離開這棟大樓，但會在建築物裡面到處亂晃，然後在大廳尿尿大便。雖然有人去跟他說過了，但他根本不管。」

「喔，最近的確有看到糞便。所以是有人報復或者警告嗎？是因為這樣才去刻意塗鴉的嗎？」

「也只能這麼想了吧，真是讓人受不了呢，雖然跟我們沒關係。但是否還是跟理事會說一聲比較好啊？把石出先生叫去好好說一說……」

「說得也是。」

「如果月島先生您可以去提的話就感激不盡了。」

「喔……我會盡可能幫忙的。」

小野夫人一臉放心地笑了，騎著腳踏車離去。月島心裡七上八下不知所措地將腳踏車放進停車架上，走向大廳。小野夫人是不知道那件事情嗎？不，應該不可能不知道吧。以前見面的時候，還會開心地跟我說「你上報紙了呢」或者「我有在電視上看到你喔」之類的，「月島光一性騷擾嫌疑」這麼引人注目的句子她怎麼可能沒注意到。或者她並不在意？是認為帥氣稅就像是名人稅之類的東西嗎？或者她認為推特標籤說得對，我是被害者——畢竟她跟月島光一這個人很熟。

走進電梯的時候，想著這是很小說風格的事情呢。不是指自己，而是貓咪糞便和塗鴉的事情。為什麼會有人知道石出把貓放出來呢？「去跟他說過的人」該不會就是小野夫人本人吧？如果要把內容擴充到五十張……不，一百張稿紙，由小荒間洋子來寫的話應該會很有趣吧？

月島邊打開自家大門邊想著哎呀我在想這種事情呢，我就是這種男人。

妻子不知在客廳做什麼，月島說聲「我回來了」就進入自己的房間。

打開電腦確認電子郵件，除了網路商店的廣告以外，最近收到的信件數量變少了。今天讓人眼睛一亮的只有兩封。一封是來自文化中心「小說講座」的學生上野美江子，另一封則是昨天評選的文學獎辦公室寄來的。

上野美江子的信件標題是「Re:請月島老師繼續主持『小說講座』的連署活動」。這個標題的信件已經往來好幾封，是「小說講座」的有志學生正在進行標題那個活動，所以過一陣子就會向月島報告情況。這次的信件來自上野美江子，她表示小荒間洋子的報導出來後，連署活動「多少受了點影響」，還有「至少再收集十個人的連署，就會去和文化中心那邊協商」之類的。再十個人。那麼現在到底是收集了幾個人的連署呢？受到小荒間洋子影響而從連署活動抽身的學生又有多少呢？月島忍不住嘖了一聲。這樣仰慕自己並且起身行動雖然令人感激不盡，但總覺得一直收到這種信，就會被迫知道自己並不想聽說的事情。

文學獎那邊的標題則是「商量」。什麼商量啊，讀完信件後的月島想著。但與其說是不開心，實際上這封信讓他一口氣消沉了下去。雖然用字遣詞相當有禮婉轉，但簡單來說就是「商量」希望他明年起不要繼續擔任評選委員。似乎是因為月島今年仍然擔任評選委員，已經有許多抗議的電話和郵件湧進市政府。

月島關掉電腦，發作性地抓起手機。找出那個委託他和小荒間洋子對談的編輯號碼，撥了電話過去。

「我是及川。」

明明以前還一起喝過酒好幾次，《週刊火花》的及川卻用平板如紙的聲音接起電話。

「我說啊，能讓我重新跟小荒間小姐對談嗎？」

月島詢問。

「嗯……這個嘛。」

「先前擅自離席真的非常抱歉，因為事出突然我實在相當震撼。我希望能好好和她談談，我想只要說清楚的話，有很多事情都能明白。」

「也就是說這場對談你不是打算謝罪，而是要讓你表明並非強暴囉。」

「什麼讓我表明……怎麼這麼說。我當然會道歉，只是希望能夠修正這一切是誤會，是她們想太多了。或者不是小荒間也沒關係，一開始的九重咲步也行。嗯，可以的話我也想和她談談，如何呢？」

「她是不可能的，後續的訪談和電話訪問她一概拒絕，更不可能和月島先生對談吧。」

此時玄關那裡傳出聲響，他有鎖上大門的習慣，而那由外側響起的聲音彷彿侵蝕空間般詭異地響亮。夕里在家裡，其他有鑰匙的人就只有女兒。

月島猛然掛掉電話，他非常慌張。這次騷動從一開始在他內心某個角落似乎就一直想著女兒的事情，另一方面又覺得這次最不想見到的人就是女兒。但她來了。聽見那聲音問「爸呢？」，腳步聲也逐漸接近。月島從椅子上站起來的時候，房間門也打開了。

「爸，那有多少是真的？」

遙站在門前詢問，彷彿是不讓月島走出房間。女兒穿著紅色外套和迷幻風格圖樣的長裙，今年二十五歲了。最後一次見面已是一年多前。和十幾歲離家的時候相比，現在的關係算是好一點，但她每年有回家一次就很好，最長也只會待個幾小時。她先前似乎做過不少打工，這幾年則是固定在下北澤的展演空間。那間店的老闆是她的男朋友，兩人好像也同居。因為她沒有說得相當清楚，所以月島和夕里都不知道那男人的名字，自然也不知道店名。

「假的，全部都是假的。」

聽見遙氣勢凌人的詢問，月島下意識便如此回答。

「假的？所以你是說兩個女人都騙人？她們跟你往來的時間和年齡都不一樣耶？那你沒跟她們睡過？所以雜誌上面那些你的回應也都是騙人的嗎？」

面對此洶湧氣勢，月島覺得自己的力氣由腳底逐漸散失，明明才剛起身，又咚地坐回椅子。

「我的意思是我沒有強迫她們。」

「是喔。所以確實是有發生性關係的意思囉。沒有強迫她們的意思是說，她們是因為想跟你上床所以才發生關係，是這樣嗎？」

「我是這麼想的。」

「為什麼？」

「為什麼……？我又沒有對她們施加暴力，印象中也沒有說過什麼威脅她們的話啊，是很自然發生的。」

「自然？自然的話她們為什麼會那麼痛苦？」

「閉嘴啦。」

月島忍不住怒吼。在那邊說什麼性行為之類的事情，親生女兒責備父親也太脫離常軌了吧。

「妳根本就不懂！我和她們的關係是很特殊的。妳又不懂寫小說是什麼樣的事情。」

「你覺得拿出小說就什麼事情都能被原諒是吧？你以為自己是神嗎？」

「妳閉嘴。我不想再跟妳說話了。」

「如果有人對我做一樣的事情，你會怎麼想？比方說有個音樂之神，他叫我去飯店，因為對方是神所以我實在無法拒絕，然後他把我推倒在床上、舔我的胸部、把他的東西放進我的身體，但因為他是神所以我必須忍耐。如果我這麼說的話你覺得如何？」

月島站起來，推開女兒走出房間。看見自己的兩手都在發抖，對自己說這是因為生氣，因為女兒對自己胡言亂語那些東西。原先想著她會追上來卻沒有，或許是為了把我逼到死角，所以在我房間裡尋找證據之類的東西。隨便妳。

走向客廳看見夕里蹲在沙發上，身體微微抖動著。她應該知道遙是來做什麼的，也不可能沒聽見剛才兩人的對吼，卻絲毫沒抬頭。

「喂……妳在幹嘛啊，沒事吧？」

除了手以外，聲音也在顫抖。因為妻子的樣子看起來就像是生了什麼怪病。

「喂，夕里。」

月島再次呼喚，夕里終於一臉呆滯抬起頭來，手裡拿著類似抹布之類的東西。

「我想把這個汙漬弄乾淨。」

沙發上的夕里再次彎身。畏畏縮縮走過去，妻子想弄掉的是昨天月島打翻的紅酒痕跡。不知她是從何時起開始處理的，髒汙完全沒有變淡，但是周圍已經出現一圈清潔劑痕跡，看上去更加糟糕。

柴田咲步

手機幾乎都是關機狀態。

這天早上，咲步難得又開了手機，看見關機時的留言只有一通，忍不住鬆了口氣。雖然那是前天去面試的麵包店通知不錄用打工的事情。但也沒有特別消沉，反而是鬆了口氣。一方面想著得找到工作才行，但又實在不想在人前工作。想來這種心情在面試的時候也表露無遺，自己可能心中也想著希望不要被錄取。

在這六張榻榻米大小的房間裡緩緩從棉被中爬出、打理自己之後走向餐廳，桌上放著母親寫的便條：「冰箱裡有沙拉」。打開冰箱雖然馬上看見那盛裝在小型玻璃碗裡的東西，卻沒有什麼食慾。但想想不吃的話又要惹人擔心，只好再次拉開那剛被關上的冰箱門。將咖啡機裡剩下的一杯咖啡倒進杯中，在桌邊坐下。

咲步如今在爸媽家裡。

並不是那個她在年輕時代居住的明大前的屋子，而是爸媽半年前評估著父親即將退休，另外購置的仙川大樓公寓。畢竟已經沒有咲步的房間，所以只能讓她睡在父親「興趣所在」的日式房間裡。

突然跑到這裡來已經超過一星期，每天早上醒來的時候都要想一下自己身在何處……白天也常這麼想。不過至少比在明大前那屋子好。要是爸媽一直住在那間房子，那我肯定會去找別的地方了，咲步想著。畢竟和月島光一發生關係的時期，自己就是住在那裡。和月島發生關係之後，我就回到那間房子、用了浴室、用了洗手間，然後在自己房間的床上躺下。肯定會想起那件事情。

父親打算再工作兩年到六十五歲，現在還是每天去上班。母親在代辦家務的工作網站上登錄成為餐飲協助者，也常像今天這樣出門。能夠有獨自在家的時間實在令人感激不盡。咲步表示因為和丈夫俊「想稍微拉開點距離」所以才來這裡。然而不是一兩天，這麼長一段時間都丟下丈夫不管，究竟是發生了什麼事情？為什麼要連動物醫院的護理師工作都辭掉？爸媽似乎已經放棄從女兒口中問出答案，現在完全把她當成多餘的人。

咲步好不容易才把沙拉吃完，發現手機電源還開著，連忙關機。明明在找打工實在不應該把手機丟在一邊，但只要手機響起，就覺得心臟都要停了，還是得要避免這樣的狀況。

咲步沿著河邊的道路走向車站。

對岸那伸展到河面上的櫻花花苞已經膨脹了起來，這週末應該就會開了吧。咲步有如閱讀文字般地思索著，所以那又如何呢？這才發現自己在想些什麼。美味、漂亮、開心之類的感情，都已經嘩啦啦從自己身上流走了。

米色風衣、牛仔褲、灰色運動衫、球鞋，就連服裝也幾乎每天都一樣。雖然也是因為沒帶多少衣服來，但更重要的是不想太過顯眼。裙子則是來這裡之前就已經不想穿了。

像是最剛開始的那通電話，咲步始終無法忘懷。就在那本週刊雜誌發行後沒多久，那是個在「小說講座」上課的當期女性學生打來的電話。晚餐和丈夫吃飯的時候——桌上擺的是咕嘟咕嘟的咖哩鍋，丈夫開口就只會問「沒事吧？」，所以根本不是很想吃。想說至少可以離開那張桌子而安下心來接起電話，那個女人就自報姓名然後說：「告發月島老師的就是妳對吧？」

是叫什麼名字呢——自己並沒有見過她，應該是在咲步停課以後才去上課的人吧。咲步是七年前的學生，那時候一起上課的人應該幾乎都不在了才是。但也很難說是完全沒有，有人讀了週刊雜誌以後，確信告發者就是咲步，然後告訴現在的學生們，告訴那些非常仰慕月島的人。雖然不知道要怎麼拿到七年前的學生名冊，但總之有人、或者大家分頭找出了咲步的聯絡方式。而那個代表者女性……或者是比任何人都對咲步感到憤怒的女性就打了電話來。告發月島老師的就是妳對吧？應該回答「不是」嗎？但是當下覺得渾身惡寒、只想著要掛斷電話，結果還是肯定了。柴田咲步、舊姓九重咲步，被月島光一強迫性交的「A小姐」就是自己。

之後電話也打到了動物醫院。剛好是咲步在櫃檯，自己接起了那通電話。這次是男性打來的。「愛心動物醫院您好。」咲步一如往常回應，電話另一頭傳來男性輕鬆而開朗的聲音說著：「您好～」接著又說：「那個，被月島光一性騷擾的護士小姐是在這間醫院嗎？」

不是，咲步回答。光要抑制聲音的顫抖就用上所有力氣。對方只說這樣啊，明白了～就掛斷電話。在櫃檯附近的深田醫生問了「什麼？」也只能拚了命將「打錯了」幾個字說出口。結果電話又響了起來。咲步已經無法再接起電話。明知深田醫生會覺得奇怪卻還是馬上離開櫃檯，把自己關進洗手間好一段時間。之後因為有患者的飼主進門，無可奈何走了出去，結果深田醫生就在走道上。

「沒事吧？」

深田醫生說著。很顯然是來找咲步的。咲步點點頭，等著深田醫生吐出月島的名字。總覺得醫院裡的人肯定都知道自己和月島的事情了。

「剛才接到電話……」

「是。」

「是尾上家打來的，說摩爾死掉了。最後是在爸爸的腿上斷氣。因為妳也很照顧摩爾，想說還是向妳道個謝……」

摩爾是先前和糖尿病奮鬥的老貓。每次來醫院都比前一次更瘦，顯然已經沒多少時間，不過原先約好了明天要來看診。

「妳不舒服嗎？沒事吧？」

深田醫生的語氣比剛才還要關心，咲步再次點點頭，但一點都不是沒事。那天好不容易撐到下班，第二天怎麼樣都無法去上班，硬是要動就胃痛想吐。如果去上班的話，醫院裡的電話又會響起，無論是誰打來的，只要電話響起就會想尖叫。

再過一天雖然去上班了，但那時已經想著要辭職。在這種狀態下工作肯定會出錯，無論如何都想避免自己害病患發生什麼不好的事情。回想起去院長室的情況簡直要笑出來。自己告訴院長希望離職的理由是「想生孩子但工作實在太忙了」——明明自己已經拒絕丈夫那麼久。雖然不知院長是否相信，總之他答應了。或許院長也感受到讓咲步繼續擔任護理師實在過於危險。畢竟沒有向深田醫師也沒有向其他護理師交代一聲，就這樣拋下一切消失，或許他們會覺得自己真是不負責任。又或者是現在文化中心的女性、還是那個陌生男性又撥電話過去找我，而我和月島的事情大家也就都知道了，然後想著喔原來是那種女人啊而豁然開朗。

之後就盡可能都把手機關機，但卻無法切掉自家電話。那電話有時會響起，每次都會感到發寒想吐，但有時是打電話來找丈夫談事情的，所以也不能不接電話。有一次是咲步傾訴月島之事的週刊雜誌記者打來，說希望能增加後續採訪，另外其他雜誌也有來詢問，是否能將聯絡方式告知他們。不。我不會再多說什麼了。咲步說完便掛掉電話。那天就收拾了行李離開家門，之後就一直待在爸媽家裡。在出發以後打電話給丈夫告知此事，他只說了：「好，我知道了。」或許他已經發現每天自己回家的時候，咲步的感覺就像是聽見電話鈴聲響起。又或者就像咲步專心祈禱著今天電話不要響，他也在心中祈禱希望今天回家，妻子已經不見了呢？

坐在眼前的是個女孩子，穿著類似咲步的運動服拉長款式但顏色是粉紅色的洋裝，一直盯著旁邊愛美從自己盤子裡分裝給她的小盤焗烤料理。她叫做瑠里，是兩歲還是三歲呢？雖然剛剛才問過卻又記憶模糊想不起來。咲步想著，總之這生物對自己來說就只能說是「小小孩」吧。瑠里猛然抬起頭來盯著咲步看。

「妳不吃嗎？」

不知是對著瑠里還是愛美，總之咲步開口問了。雖然光是被孩子盯著看就覺得畏縮。

「要吃吧？」

愛美對孩子說道。孩子緩緩搖著頭，但愛美用湯匙挖了一口焗烤拿到她的嘴邊，她又一口吃下。好像洋娃娃喔，咲步想著。

三個人在位於大樓二樓的家庭餐廳裡，愛美是國中同學，先前正好在麵包店前遇到，兩人已經二十幾年沒見面。那天是去面試那間沒被錄取的麵包店。兩人站著講了五分鐘的話，知道愛美結婚並且住在此地，咲步也說出雖然結婚了但現在回到爸媽在這裡的房子。對方邀請自己好好聊聊，一時之間想不到拒絕的藉口，所以今天一起吃午餐。

「嚇了我一跳，咲步妳完全沒變呢。」

「妳也是啊。」

咲步匆促擠出笑容。國中二、三年級都和愛美同班、感情也滿好的，但畢業後完全沒見過面。當然也完全不知道彼此目前的狀況。嗯，還沒有孩子。嗯，有點吵架啦。咲步盡可能讓自己和愛美說差不多的句數，三言兩語只吐出能說的事情。

「什麼時候開始打工？」

「咦？」

「妳不是要在那間烘焙店打工嗎？」

「啊，對方說不錄取。」

「咦～？」

愛美天真地笑了。

「妳沒有工作過嗎？」

「算是有啦。」

咲步並沒有對愛美說自己本來是動物醫院的護理師，因為這樣就必須說明辭職的理由。愛美什麼都不知道，咲步想。這不是愛美的錯，是我自己造成的。愛美什麼都不知道所以才能這樣笑著和我吃飯，為何我會覺得愛美可恨呢？

以前也有過這樣的事情，是在告發月島之前。我明明不希望別人知道他對我做了什麼，卻又因為沒有任何人知道而受傷。因為想要脫離那樣的狀態，所以才把月島的事情告訴週刊雜誌記者，結果還是維持一樣的狀態。不——比以前更糟了。絕對不想讓丈夫知情他卻知道了，還有文化中心的人一定也有好幾個人明白。就算知道了，也沒有人站在我這邊。更糟的是知道的人都譴責我，責備我為什麼要告發他。不好的是妳吧。在報導刊出來以後最好不要看推特之類的喔，採訪咲步的記者是這麼說的。當然自己絕對不會看。但還是能夠明白有人在說自己的壞話——比方說看丈夫的態度就能明白了。同時咲步也感受到丈夫是站在那一邊的。

「……話說回來妳要在這裡找打工，表示是在考慮離婚？不會吧？」

愛美問道。一回神才發現孩子的小盤子裡頭焗烤早就消失了，現在裝著可樂餅的碎片——那是焗烤套餐搭配的東西。

「這個嘛。」

咲步喃喃回應，用叉子捲動自己幾乎分毫未少的義大利麵。

「欸真的嗎？發生了什麼事？是他外遇之類的嗎？」

「這個嘛。」

咲步又回了一樣的話。猛然覺得眼前的兩個人都是人偶，又或者是外星人，好好回應的心情已經消失殆盡。

而且實際上也只能說「這個嘛」。丈夫問了好幾次，為什麼先前都沒說出月島的事情。他可能覺得那件事情就像是我「出軌」吧。而且我也覺得俊就像是出軌了——彷彿他背叛了我，傾心於其他人。

互相說著那下次見囉、再聯絡，咲步在家庭餐廳前與愛美母女道別。

雖然可能還會像先前那樣偶遇，但也不可能再像這樣一起吃午餐吧。愛美大概不會聯絡自己，就算她有聯絡，我的手機也是關機的。不，我想她應該不會想再聯絡我了——因為我很奇怪。沒錯，我很奇怪。沿著河邊的道路走回去，咲步思考著。

父母住的這棟樓雖然叫做大樓，不過只有六戶，是連電梯都沒有的小建築物。從樓梯走到三樓，門前有個人影。咲步愣了一下，忍不住向後退，沒想到對方回過頭，竟然是丈夫俊。

「咲步！太好了。」

他雖然這麼說，但表情看起來像是來不及逃走，朝咲步走了過來。會這樣覺得是我內心的問題嗎？怎麼了，公司那邊呢？咲步問著。俊說今天請了假。

「我想說再等一下，要是沒有人回來的話我就要走了。能見到妳真是太好了。」

「進來吧。」

咲步帶他到餐廳，便泡起了咖啡。俊明明也不是第一次來這間房子，卻像是被關起來一樣縮著身子。

「抱歉這麼突然，因為電話都不通我實在很擔心。」

「嗯，抱歉。我不想開手機。」

「不不沒關係，我本來想打這邊家裡電話，但又怕爸媽會擔心……」

「這樣啊，抱歉。」

「妳有好好吃飯嗎？」

「今天在外面吃午餐，前陣子剛好遇到國中同學。」

「喔？」

這種對話根本毫無意義，咲步想著。最近在他們兩人家裡的時候，也都是這種對話。就算回去也一定只是做一樣的事情吧。

「妳討厭我了嗎？」

俊彷彿讀取了咲步的心思而開口詢問。

「那你呢？」

「咲步對我來說很重要，一直都是這樣。現在也是，妳對我來說很重要，我說真的。」

咲步一語不發。重要是什麼意思呢？不禁思索起這點。假裝沒有月島那件事情，將來也都不提，繞過這件事情繼續生活，是否就是「重要」呢？另一方面，又覺得丈夫的話語溫暖了自己的身體。這才發現原來自己一直在害怕的事情，是丈夫會不會像發現家電產品有問題那樣拋棄自己。

俊伸手拿起掛在椅子上的背包，將一本週刊雜誌拿出來放在桌子上。咲步猛然看見了「月島先生，那是強暴」的斗大文字，還有小標題：「芥川賞作家・小荒間洋子當面糾舉月島光一！」咲步倒抽了一口氣看著丈夫。

「妳看過了嗎？」

聽俊這麼問，咲步搖了搖頭。她刻意避開所有關於月島的資訊，根本不知道在自己的報導之後還有什麼「後續報導」。

「這是昨天刊出來的，如果妳覺得可以看了就看一下吧。如果真的不行，我就拿回去。但我覺得妳最好還是讀一下內容。」

俊緩緩敘述著。

「我已經讀了好幾次，也重新看過妳的那篇……雖然之前看了好幾次，但總覺得根本就沒好好看過。就好像看的時候眼前有一層薄膜。但我還是慢慢明白了，妳會離家出走，大概是因為我害妳孤零零一人。」

咲步看著丈夫的雙唇有些笨拙，卻又明確表達出某種意思地動著。

「還有這個。」

俊再次將手伸進背包裡，拿出一疊裝訂在一起的紙張。好像是他列印出來的東西。一眼就看見「＃絕不原諒性騷擾」、「＃MeToo」、「＃月島先生，那是強暴」等深藍色詞彙。俊說這是推特。

「是站在妳這邊、用這些標籤發的推文。有很多人說讀了妳的報導之後非常感謝妳的勇氣、相當支持妳，也有人揭露自己的經驗。甚至也有人說如果沒有看到妳的告發文章，就只能自己一個人懷抱著痛苦記憶了。我收集了那些推文印出來，希望妳能看看。」

咲步非常驚訝——倒不完全是因為「有很多」站在自己這邊的人，而是俊收集了這些推文。腦中不禁浮現丈夫在餐桌上打開電腦，一臉認真敲打鍵盤、挪動滑鼠的樣子。

「可是……也有很多可怕的東西吧？說不是性騷擾、說我不好之類的。」

「也是有，但那很少。」

「真的嗎？」

「嗯。」

俊略略嘟起嘴來別過視線，這是丈夫說謊時的表情，咲步想著。但她一點都不想責備他，回想起丈夫總在說些無關緊要謊言的時候露出這種表情，身體湧出一股暖意。

「要是見到媽就很難解釋。」

丈夫苦笑著先回去了。

緊緊抱著他帶來的溫暖，咲步在他回去之後讀起了那些被列印出來的推文。

「月島光一性騷擾之事，讀了被害者的告白之後實在忍不住要發文。她在下定決心說出來之前，不知道經歷了多少痛苦。明明只是要把事情說出來，到底需要多少勇氣呢。#月島先生，那是強暴」

「雖然有人會說什麼七年前的事情怎麼現在才說……之類的，但被害者可是因為那個記憶痛苦了七年耶。欺騙自己、努力忍耐，但終究無法繼續忍受下去，所以才決定說出來的吧。#絕不原諒性騷擾」

「那是強暴。我也是這麼認為。那是我在研究室的事情，已經二十多年前了。我從來不曾忘記。#MeToo」

由於推特有每則一百四十字的限制，所以有人以連續發文的形式詳細描述自己的經驗，要一直讀下去實在頗為痛苦，但咲步還是讀到最後。為什麼無法拒絕？為什麼不是只有一次，甚至聽他的話兩三次？為什麼不找其他人商量？她們都用這些理由譴責自己。咲步也是這樣——然而責備自己實在過於痛苦，所以拚命想著這根本沒有什麼、自己心裡是有戀愛情感的、我也是有想要發生關係的，而她們也是如此。然而逼自己這麼想，卻又導致更嚴重的自我厭惡。

但也只能這麼做。

她們也是這樣，再三思考之下答案都是一樣的。第二次和月島發生關係，是在第一次的兩個多星期之後。和第一次一樣被叫到飯店，月島稱為「作戰會議」。

先前咲步有短篇作品被挑選為候補的文學獎還沒有發表結果，不過半年後另外有一本文藝雜誌的新人獎截稿，月島說要不要以應徵那個獎項為目標再寫一篇新作品呢？想為此給咲步一些建議，因為實在希望咲步能寫出好小說。光只有上課是不夠的，所以想另外約時間。

當然前往飯店的時候，確實也害怕著是不是會發生和先前相同的事情。但另一方面又覺得，怎麼可能會呢？月島老師怎麼可能又做那種事情。於是想著，就算發生了也沒辦法，因為對方是月島老師。

畢竟性行為對月島老師來說就是小說指導的一部分，因為在飯店房間裡男女獨處，不做愛實在太奇怪了。月島如此看重自己、還特地為自己撥出時間，卻獨獨拒絕性行為實在太奇怪了。打算寫小說的人，不能夠將性行為認定為過於重大的東西。進入房間以後，月島談了好一會兒小說的事情，然後將咲步的身體拉近。再下一次去飯店的時候，才進到房間，月島就撲了上來。結束之後開始談小說的事情——彷彿什麼都沒發生過。就連這些行為順序、第二次和第三次的相異，那時候的自己都找了理由掛上。

現在回想起那時候心靈就已經封閉了，又或者是像俊說的那樣，但不只是眼睛，而是有一層薄膜覆蓋了整個身體，扭曲了所有感覺。

在咲步告發他的那篇報導之中，也刊載了月島的聲明。雖然那篇報導本身咲步只讀過一次，但幾乎每字每句都記得清清楚楚。「說我沒有經過她的同意實在是嚇壞我了。我並沒有使用暴力、也沒有恐嚇她，不管在肉體上還是言語上都沒有。我與她的關係對我來說最強烈的就是希望她能夠寫出好小說，因此這可能和一般的戀愛不太一樣，但我還是認為我們是有戀愛關係的。我並沒有發現原來我們並不是都有這樣的認知。關於這點我向她道歉。」讀完的瞬間咲步便闔上了雜誌。這種東西絕對不想看第二次，就好像一根鐵棒貫穿了自己的身體。那是怒氣，咲步現在清楚理解那種感受。那個時候並不明白，又或者是害怕理解。但那的確是怒氣，是怒氣、怒氣、怒氣，才不是什麼戀愛情感。而且月島應該也明白才對，而且明明就是暴力、也是恐嚇，月島明明很清楚這一點的不是嗎。

在看完那些列印出來的紙張以後，咲步覺得整個身體都在發熱，應該說現在除了溫度以外還帶有硬度。熱度與硬度，咲步帶著這兩樣東西翻開了週刊雜誌。

星期天起床走向餐廳，桌上擺著鐵板。

父親已經坐下，母親則在大碗裡攪拌著麵糊。

「難得嘛，好久沒做了想說來煎個可麗餅吧。」

咲步看見母親尷尬地微笑著，父親也欲言又止地抬頭看著咲步。咲步努力忍著差點要哭出來的感覺。爸媽並不知道女兒發生了什麼事情，但他們知道一定有什麼，而且肯定發現那不是單純的夫妻吵架。

用鐵板煎的可麗餅是咲步從小就喜歡的東西，桌上還準備了香蕉、果醬、鮮奶油；萵苣、火腿、炒蛋等，各式各樣能夠包在可麗餅裡面的材料。今天天氣很好，面南的窗子射進來的日光在鐵板上打造出光影圖樣。

「我來煎吧。」

咲步從母親手上接過大碗，用匙子挖起一勺麵糊，在鐵板上抹成一個圓形。上頭一樣出現了光彩的圖樣。

「爸要吃幾片？」

「一片，啊還是兩片好了。」

「媽呢？」

「一片，我想吃剛煎好的。」

「也是喔。那就先煎四片。」

咲步眼角餘光瞥見母親的微笑稍微柔和了些，想著，這是我的世界，我原本就在這裡。

「對了，我今天會回家。」

咲步將可麗餅翻個面說道。

「咦？回去阿俊那裡嗎？」

母親問道。

「你們和好啦？」

父親說著。

「嗯。」

咲步點點頭。

「他會來接妳嗎？」

「不，我今天有個地方要去。事情辦完之後我就直接回去了。」

「這樣啊，太好了。」

「嗯。」

「真的好嗎？」

「嗯。」

咲步露出笑容，她覺得自己有順利笑出來。早餐吃完以後，就要去見小荒間洋子。星期五的時候咲步打電話給記者，詢問了聯絡方式。記者說取得同意之後會再聯絡，之後就是小荒間洋子本人打給咲步。

要去小荒間洋子在東京的工作室拜訪，聽她的事情，然後也會說自己的事情吧。雖然不知道這樣會如何，但我想這麼做，咲步想。然後我要回到丈夫身邊。

池內遼子

遼子在灰色不鏽鋼雜物和紙堆包圍的工作場所裡收拾著文件，今天一整天幾乎都在想內衣的事情。是要紫色的Aubade[3]，還是白色的Myla London[4]呢？

雖然覺得自己比較適合紫色，但老師一定比較喜歡白色吧？可是又擔心全套都是白色蕾絲感覺不堪入目，實在很迷惘。畢竟老師經常稱讚我的豐腴感實在很棒，我也對於自己容貌不像已經年過五十相當自豪，但畢竟……實在忍不住要這麼想。不管花

3. 法國內衣品牌。
4. 英國內衣品牌。

了多少錢在保養和化妝上，也不可能永遠年輕貌美。

明天起就是黃金週假期，最後兩天是品評彼此俳句的吟行會，要在蓼科住一天。遼子漠然轉過頭去，這裡是私立大學的辦公室，六位同事分別專注看著自己的電腦螢幕。就快到下班時間了，這個工作的好處就是幾乎每天都能準時下班，相反來說就是沒別的好處。但這樣就夠了，不用擔心被裁員，也有足夠收入能維持單身生活，這樣就能夠專心在俳句上。

遼子是這裡做最久的人，上個月年滿五十。沒有任何人為自己慶生——畢竟沒有特地告訴職場中的人，老師今年似乎也忘了。或許去吟行會的時候他會說些什麼，然後晚上……

桌上的手機響了，是社團成員蔦木奈美打來的。在上班時間打到私人手機這種失禮之事讓人有些煩躁，不過對方若有事的話通常都是傳MAIL或LINE啊。遼子內心浮現不好的預感，馬上接了起來。

「妳看那篇報導了嗎？」

奈美忽然說出這句話。

這天晚上有四個人來到立川的居酒屋，平常每個月固定俳句聚會後的聚餐都是在這裡。

遼子、奈美、糸川曉子和山田一穗，並非明明是大家聚會卻只有這四個人前來，而是奈美只聯絡了社團成員中的這三位女性。四個人的年齡相近，五十歲的遼子最為年長，四十五歲的一穗則是最小的。

奈美是家庭主婦，曉子和一穗的工作場所都在立川，遼子從位於豐田的大學奔來所以是最晚到的。就跟平常聚餐一樣，使用的是以屏風隔開的小座位，另外三人已經在那裡等候。

一如往常，遼子習慣檢視女人們的服裝，想來她們也會看自己。奈美穿低胸、印著大片幾何圖樣的洋裝——是黛安．馮．佛絲登寶格[5]吧。頭髮也彷彿剛上過捲子。她是召集人，想來應該是從家裡過來，所以有時間打理自己。另外兩位和遼子一樣今天是普通的上班日，所以打扮看來都有些隨興。遼子想著，我看起來沒有那麼糟。黑色假兩件夏季針織衫、亮灰色的寬褲，雖然並不華美但可都是LIVIANA CONTI[6]的東西。以前老師常會忽然打電話叫自己過去，所以現在也總是打理成隨時都能見老師

5. 黛安．馮．佛絲登寶格（Diane von Furstenberg，一九四六—），比利時時裝設計師。
6. 義大利時尚品牌。

的樣子，當然也包含了服裝下面。

「就是這個。」

就在遼子的啤酒送上來後，奈美從矮桌底下拿出雜誌。那不是週刊而是相當有厚度的月刊，封面除了政治事件的頭條以外，還有個「特集　性騷擾實際案例集」。

曉子和一穗似乎都已經讀過，遼子接過來後放在膝頭上開始翻閱。除了因為點的菜一道道送上來，矮桌上實在沒空間攤開書，更因為在讀之前就覺得攤在桌上實在不妥。不久前文化中心小說講座的講師被告發性騷擾，這篇似乎是在那件事情之後，列出了各種「未被告發卻四下橫行的性騷擾」案例。企業、學校、醫院、畫廊……中間出現了「俳句社團也有」的小標題。

S小姐（28）隸屬於會員大約五十多人的社團，社團本身的規模雖小，但主辦H先生卻是赫赫有名俳句界的大老。

「H先生『出手過』的女性有許多名。這件事情在社團內是公然的秘密。社團簡直就是他的後宮，那些當事者不僅沒有覺得不高興，反而相當自豪於她們的立場。而且只要有年輕的女性會員加入，她們就會在H先生的命令下想方設法讓年輕女孩和H先生獨處。我也遭受這樣的對待，覺得這樣太可怕了所以馬上退出社團。」

H先生七十多歲，社團的男性會員指出，「後宮」在他十五年前入會的時候就有了。

「每個月出刊一次的社團雜誌上面刊載的句子是由H先生挑選的，不過也有『後宮』成員的句子就算沒有特別好也會刊上去的傾向。而且『後宮』好像也有個什麼順序，每個月都會被挑出來的女性句子從某個時期起就會完全消失，我們男人之間就會說，啊她可能差不多要退休了。」

這看起來完全就是遭到性騷擾的女性也迫害其他人的結構。……

「這是什麼？」

遼子闔上雜誌。實在不想放在自己膝頭上，就在桌上把封面蓋下去，推回給奈美。

「這是什麼啊……根本就是損害名譽，就算寫成什麼H先生的，只要有接觸俳句的人一看就知道是誰吧。」

遼子想著應該還有其他必須談的東西吧，但總之還是先這麼開口。

「S小姐應該是篠原桃子吧。」

奈美拉了一把似地接話，這不是疑問而是確認。遼子點點頭，除此之外也沒別人了。

「那個男性會員，大概是坂本先生或船橋先生，他們只寫得出小學生程度的俳句，卻只會出張嘴……」

一穗還在說著。

「話說回來這種採訪，都是怎麼聯絡的啊？社團成員的聯絡方式應該得要問我吧？」

聽負責行政事務的曉子這麼一問，奈美馬上一口咬定：「當然是他們自己去說的啊。」

「說得也是，篠原桃子肯定會這麼做。唉呀看這篇報導的人只要仔細看看就會知道是她吧？我想她一定有想到這點，就是想趁著這股風潮讓自己更有名氣。」

遼子也這麼說。篠原桃子在離開社團以後，開始在網路上的俳句網站上投稿，在那個領域也還算是小有名氣。而且那也不是因為她的句子寫得多好，而是因為她年輕又長得還算漂亮。

「老師知道這篇報導嗎？」

「我想應該不知道。如果他每個月都有買雜誌的話可能會看到，但我想應該沒有……畢竟沒有寫出他的名字，就算看到廣告，大概也不會想到裡面有提到自己吧。」

「說得也是，要是他知道的話，應該會聯絡我們。」

「奈美妳怎麼會發現的？我說這篇報導。」

「湊巧的，隨便站著翻的雜誌。」

「是不是應該告訴老師一聲比較好。」

「嗯，我也正這麼想，最好是不要引起騷動。」

「說不定坂本先生他們會刻意提呢。」

「如果還想留在社團裡面，應該不會那麼做吧。就算是我們逼問，大概也會說完全不知道報導的事情。」

「說不定他們本來就想離開社團呢？」

「不可能啦、不會的，畢竟都是些離開社團之後就一無所有的人啊。篠原桃子只不過是臉長得好看一點而已。」

「說得也是，可能不是記者採訪，而是篠原桃子自己聯絡他們的。」

「哎呀反正不知道風聲傳到哪裡了……但就看著辦吧，我們處理就是了。」

「嗯，也只能這麼辦了。」

一瞬間四個人都沉默不語，遼子的視線在矮桌上徬徨。從竹籤上取下的烤雞肉、涼拌番茄、酪梨沙拉、美乃滋鮮蝦、燒賣，桌上放的是和平常聚餐相同的菜色，大家在說話的時候隨意享用，每個盤子都在不知不覺間髒得亂七八糟。

就像是上頭擺了許多詞彙。大家喋喋不休說著、沒過多久又拚命講下去——怒罵篠原桃子、輕視坂本先生和船橋先生，又或者是推測還有誰可能會對記者大嘴巴、如果社團裡開始流傳那篇報導的話該如何對應——但我們就是不提某些詞彙。「出手」、「後宮」——當然我們閉口不談這些詞彙，是因為我們和老師的關係並不符合那種陳腐的詞彙，遼子想著。不過就和社團裡的人一樣，目前大家都知道現在我們這四個人就是那所謂「後宮」的成員。這四個人當中靠頻率和持續時間就可以知道老師現在最喜歡誰……先前是一穗，不過從上上個月起，老師應該都沒和我們之中的任何一個人上床。就連這種背地裡互相明白的事情，都會影響平常四個人的強弱關係。

「要不要再點些什麼來喝？」

奈美詢問。遼子回答著我要啤酒，一邊想著喝什麼根本不重要。要是能說些別的事情就好了，想來大家——就連奈美也一樣，心中大概都是這麼想的。但我想我們今天晚上一定到頭來還是不會說什麼「別的事情」。

「大家根本都不懂。」

遼子開口。總覺得她們三人的臉稍稍扭曲了一下，或許她們可能想阻止自己，也可能是要自己把話說出口。

「不管是篠原桃子或是那些老頭子，還有社團的其他人，根本就不懂我們和老師的關係。」

結果還是說得模糊不清，三個人都鬆了口氣。就是說嘛。對啊。他們根本不懂。也紛紛點了頭。

今年吟行會的主辦是遼子，她要找旅館、決定散步路線和用餐場地、安排預算。去年也是她，想必明年也是吧。她並不是特別擅長做這些事情，甚至覺得挺麻煩的，不過這是老師拜託的所以也沒辦法。通常這種事情都是由年輕成員負責，但去年和前年的承辦人員辦事實在很糟糕，旅館不便宜又不怎麼樣，惹得老師很不開心。所以他直接跟遼子說，可以拜託妳嗎？

老師就是這麼信賴我呢，遼子想。記得有一次曉子相當自豪地說老師特別指定我承接行政業務喔，但行政業務不過就是打雜的。吟行會對社團來說是非常重要的活動，而且老師喜歡旅行所以每年都很期待。可不是什麼翻翻旅遊書、評估一下預算就好，必須要能選擇帶有詩意的場所、理解何謂詩意，要是沒能完全理解老師的喜好，根本無法做好這個工作。

假日的銀座通因為開放步行而相當熱鬧，熱鬧到在這晴天下行走在人潮當中幾乎都會冒汗。與遼子擦身而過的家庭，年輕爸爸抱著的小女孩揮舞著冰淇淋，冰淇淋揮過遼子今天沒有綁成髻而放下的髮絲。不知道那個爸爸是沒注意還是裝作不知道，也沒道歉就這樣走掉了。遼子拿出手帕擦拭頭髮，不知為何就是相當生氣，用力地嘖了一聲。

「歡迎光臨！」

推開高級內衣面對馬路的大門，店員一如往常滿臉笑容走了出來。不管是平常使用的內衣還是有特殊用途的，遼子都是在這裡購買。熟悉的店員快步上前。這間店面給人感覺不是那種想納涼的人能夠輕易走入的地方，所以平常像遼子這樣的老客戶大概也就一兩個人，不過今天是連假第一天，店裡除了情侶以外還有幾組女性，客人比平常多了些。在這當中受到特別待遇，心情還是好了點。

「Aubade的新款到貨了吧？」

「當然！真的非常漂亮，令人眼花呢。」

雖然已經看了好幾次店家固定會送來的目錄，但看到實際上的物品還是比較好。那紫色實在非常優雅，蕾絲設計也纖細優美，還仔細檢查了一套的丁字褲和吊帶。

「能讓我看看Myla London嗎？」

「當然！您有特別想看哪件嗎？」

「嗯，白色的……」

說出口的時候猶豫了一下。店員大概二十多歲吧，頂多剛過三十沒多少，面貌可愛而且身體纖細。那件白色蕾絲的設計一定很適合這種女孩。

「我打算去旅行。」

隨著店員一起走向Myla London的櫃子，遼子彷彿找藉口般說著。

「哇，好棒喔！是和……男朋友？」

「呵呵。」

這間店的認知是遼子有「男朋友」，她說雖然已經交往很久，不過兩個人的想法相同，並沒有要結婚。這樣比較能夠一直保持情侶的熱度。

「要去哪裡？出國？」

「不，我們都沒什麼時間，所以要去他在蓼科的別墅。」

「哇，真棒。那麼新內衣就是要在那裡……是吧。」

「嗯，我是這麼打算。畢竟是出外旅行，小小的冒險感覺應該不錯吧。」

「就是說啊，真的。」

遼子並不認為這是天大的謊言，而是心想這樣把話說出口以後，就能認定自己和老師的關係就真的是這樣。兩個人的想法都是不結婚，因為這樣可以一直保持情侶的熱度——

遼子進入試衣間後先套上白色的胸罩，在鏡子前擺出各種姿勢。心想這還不壞，挺性感的。會覺得看起來不適合只是自己多心，老師一定會喜歡這款的。肯定會興奮萬分脫下這件。雜誌上寫成那樣，他不可能會安分守己，老師一定也會表現出自己的意志。

離開店家時已接近下午三點，白天的熱度沉重覆蓋在街道上。遼子漫無目的在路上亂晃，覺得有些餓了就走進路邊的咖啡廳。早上起床後只吃了一個甜麵包，還是用蔬菜汁灌下的。遼子幾乎對食物沒有興趣，畢竟這會動用到她打理妝容的費用，所以飲食方面就隨便了。

點了冰紅茶和三明治，從包包裡取出句集翻開，是林田隆的《夜之犬》。老師的句集從出道作品到最新發售的書籍她當然都讀過了，不過遼子特別喜歡這本，所以外出的時候總是帶在身上。

遼子加入林田隆主辦的社團是在這本句集出版一年前，那是她三十五歲的時候。大約在那五年前去髮廊，等待時拿到婦女雜誌，對上面刊載的女性俳人產生興趣，所以開始寫起了俳句。一開始是模仿別人的作品，後來也參加了當地的俳句社團。

對於遼子來說，當時俳句還只是個興趣。或許是那個時期和拖拖拉拉交往接近十年卻沒有進展的對象分手了，所以想要填補那個空缺。在年長者眾多的俳句社團當中，年輕女性特別受到愛護，她純粹對於一群人說自己的感性果然與眾不同這類稱讚感到開心。會去參加多摩地區由五個俳句社團集合並召集了專家來的大會，也只是順水推舟，並沒有抱持任何期待。所以由評選者遴選的「特選俳句」發表的時候，遼子聽見自己的名字和俳句，實在嚇了一大跳。那名評選者就是林田隆。

後來對我來說，俳句就變成了完全不一樣的東西呢，遼子想。老師對我說「妳有著獨到的感性」，和地方俳句社團那些不怎麼樣的年長男性對我說一樣的話時，有著完全不一樣的意義。進入老師的社團不到半年，老師對我的稱呼從池內小姐變成遼子，之後老師又在《夜之犬》的出版紀念宴會上悄悄靠了過來，把寫著飯店和房間號碼的紙片塞進我手裡。

那天晚上。稍早些我就有那個預感，所以那天晚上我穿著雖然是日本牌子但也是要多花點錢才能買到的內衣（當時沒有相關的知識，根本沒聽過什麼Aubade之類的品牌）。老師脫掉我的黑色洋裝、看見那帶有珍珠光澤的淺紫色蕾絲，發出了感動的嘆息聲。在老師的碰觸下我渾身發熱，更令人興奮的是之後我能夠親自碰觸老師的肌膚。俳人林田隆的肌膚、我所尊敬而憧憬的老師的肌膚。在那瞬間我比社團裡任何一個人都還要接近老師，這件事實成為我未曾體驗過的感受，在我的身心中暴動。

沒過多久我就知道，這樣的人不是只有我一個。當時彷彿女王一般的四十多歲女性，第二年就離開了社團，但我發現那一年加入的奈美、再下一年是曉子和一穗，都接二連三和老師發生了關係。但是那又如何呢？遼子想。老師原本就有妻子，而且我也不期望他成為自己一個人的。對自己來說最重要的是受到老師需要。雖然對於師母也有些罪惡感，但我愛上他了，這也沒辦法。沒錯，我愛他。包含了老師**令人困擾的地方**。社會上或許會說這就是出軌，但我認為這是純愛。奈美他們說「男性會員」在報導中說得好像我們是為了讓自己的句子刊載在社團刊物上，所以和老師發生關係，但我並不是這個意圖，我的心情是一種純愛。

三明治乾巴巴的實在很難吞下肚，遼子低頭看著句集、抬起頭來，然後又看向句集的頁面。那些讀過太多次而已暗記下來的句子，逐漸變成不認識的詞彙、失去它們自己的意義，在腦中天女散花般飛向各處。不知道該想些什麼才好，在心中默念著後天、後天。

後天要再次去內衣店。後來並沒有試穿紫色那款，就決定要買一套白色的，不過請店員幫忙確認尺寸以後，說是胸罩的下胸圍最好要再大一個尺寸。剛好店裡沒有那個尺寸，雖然店員說東西到店裡之後可以幫忙寄送，但遼子決定自己過去拿。畢竟想要再次試穿，而且黃金週的預定也只有吟行會。

丁字褲和吊帶都是之後一起拿，所以還沒付款，也就是可以直接不去拿吧，遼子試著思考。或許他們會打電話來——在製作會員卡的時候就有登記電話，但那也能夠無視。只要別再去那間店就行了。

當然我不會那麼做的，遼子想著。為什麼要思考這種事情呢？因為內衣可能會白白浪費掉，遼子想著。畢竟這次吟行會老師又不一定會邀我，去年也是這樣。在我新買的衣服下穿的也是新買的內衣，但老師根本沒看我一眼。在那須高原的飯店，老師悄悄靠向我的時候，我實在是幸福無比，但老師低聲對我說……而且就像是對情人告白那樣略為害羞的語氣，並且毫不懷疑我會拒絕——他說：「我今天晚上想跟篠原桃子獨處。」

所以我就把這件事情告訴奈美、一穗和曉子，在飯店宴會廳用完餐以後，我們約了篠原桃子前往老師的房間，表面上是「續攤」。一起到場的不只篠原桃子，還有其他女性會員，以及包含船橋先生與坂本先生等幾位男性會員。大家一邊喝著帶來的酒、在老師旁邊談笑風生，一個人、一個人慢慢減少，最後留下來的是我和奈美她們，以及篠原桃子。我沒有和奈美她們以外的人多說什麼，但很自然就發展成這樣。

畢竟這種事情也不是第一次了，大家光是看氣氛就能了解老師的希望。接著是曉子、一穗、奈美，最後是我離開。我們分別說是要去洗手間、去拿飲料等理由離開房間，就沒再回去。如老師的希望，就剩篠原桃子和老師獨處。之後發生什麼事情我們就不清楚了。我只知道在吟行會之後，篠原桃子就沒再來過社團。她在那篇雜誌報導當中說「覺得這樣太可怕」所以退社，從她如此輕鬆的語氣看來，可能根本什麼都沒發生。不，或許就是什麼都沒發生所以她才退社。

後天、後天。

這個詞現在失去了原先的意義而成為咒語，但效力相當微弱，不願回想起的記憶仍在繼續上演。在那須高原的吟行會不久前，篠原桃子來找遼子商量事情。那不是社團聚會的日子，而是她另外拜託自己在立川的綜合大樓裡的咖啡廳會面。雖然大致上察覺到她要商量什麼，但遼子已經準備好答案面對桃子。桃子是在夏天加入社團的，那時候冬天已經快要結束。那是個陰天、相當寒冷的傍晚時分，但先到達那裡的桃子穿著短袖針織衫。橘色馬海毛[7]與白皙滑溜的肌膚實在非常相襯，大大的眼睛只淡淡畫上米色眼影。鮮紅的唇瓣。就光是記得這種事情。也記得自己覺得這女人果然相當了解自己的年輕與美貌而感到煩躁。

「我有點弄不懂和老師之間的距離感。」

桃子用這樣的敘述做為開場白，應該是一邊戰戰兢兢地觀察遼子的反應……這種曖昧的態度更加令人生氣。

「老師直呼女性的名字，池內小姐是怎麼看的呢？」

「怎麼看……我覺得沒有什麼啊。」

遼子回答。這女人就連這種事情都不高興嗎？內心略略感到驚訝。

「除了遼子小姐以外，還有奈美小姐和曉子小姐……老師會叫大家名字，所以我想說這可能是俳句社團的習慣吧。但是連個小姐都不加而直呼名字，總覺得好像怪怪的。」

「可能我們的年齡有些差距吧，我是覺得很開心啦，感覺老師認可我是他的徒弟。」

「如果他對所有人都是直呼名字那我就能理解了。可是他稱呼男性都是姓氏加上『先生』耶。還有女性當中也有人是以姓氏相稱，像是岩崎小姐和間宮小姐……就是那些待特別久的。但這和在社團待多久應該沒關係吧。」

7. Mohair，指安哥拉山羊身上的被毛，得名於土耳其語，意為「最好的毛」，是目前世界市場上高級的動物紡織纖維原料之一。

桃子越說越像自言自語，眼神游移、也沒有好好看著遼子。

「妳觀察得真細。」

遼子有些受不了，只好插嘴。實際上關於桃子現在說的「姓名法則」，她早就注意到了。

「我想那只是一種感覺啦，並不是特別區分大家的稱呼。」

「我明白了。」

桃子這才看向遼子，淡淡笑了。真是惹人厭的表情——彷彿輕視他人、彷彿看透一切。

「要商量的就是這件事情？」

過了好一會兒，桃子才回答：「是的。」

「就這樣？」

「是的。真是抱歉害您多費工夫。」

「也不是費工夫……只是嚇了一跳。哎呀有解決的話就好了。」

遼子說著諷刺地笑了笑，但心中卻說妳騙人吧，原本是接下來才要說正事對吧。

遼子看見了俳句聚會之後的聚餐，老師在餐桌下把自己的手放在桃子的手上。這種事情應該要如何看待呢？想來桃子原先應該是要問這件事情吧——如果我對於名字的事情表現出其他反應。我希望妳別想太多了，我是打算這麼回答。那只是老師的習慣啦，喝了酒以後因為聊得開心，旁邊不管是誰都一樣。如果旁邊是個男人的話他還會拉過對方肩膀抱著呢，社團裡沒有人覺得奇怪喔。大家都很了解老師，我們社團就是這種地方。

後天。後天。

遼子用吸管吸了一口冰紅茶，杯裡已經沒剩多少，發出巨大的滋滋聲。三明治幾乎沒減少，喉頭卻十分乾渴。

那本以「性騷擾實際案例」做為特集的雜誌，奈美說是「剛好」、「隨便站著翻」的時候看到，但一定是騙人的，遼子想。她肯定是把所有報導性騷擾案件的雜誌從頭翻到尾全部看過一遍。為何會這樣認為呢？因為我可能也會這麼做。但我選擇完全不去面對。反正徹底尋找或沉默不語，無論如何都是一樣的。

後天。後天。後天。

別再想無聊的事情了，篠原桃子已經不在社團。所以今年的吟行會，老師可能會回到我這裡。不是奈美、不是一穗、不是曉子，而是我這裡。Myla London 的白色蕾絲，我會對著它許願。

包包裡的手機響了，心想可能是內衣店打電話來要說些什麼，拿出來卻看見手機顯示「充太太」這幾個字。林田充——是老師的妻子。師母是位詩人，並沒有與社團往來，但有時候會需要聯絡老師時間安排等行政事務，所以她有遼子和曉子的電話號碼。雖然不是很頻繁、先前也曾接到過她的電話，現在卻只有不好的預感——比接到奈美電話時還要糟糕的預感。是雜誌報導的事情嗎？

「池內小姐？那個，我先生他住院了。」

師母這麼說。

第二天前往醫院。

雖然想馬上奔去，但師母表示他不是能夠會見大家的狀態。老師似乎是因為突如其來的腹痛及便血而被救護車送到醫院，遼子和一穗抵達醫院的時候還在動手術。老師的病房是個人房，只有師母在房裡。

在師母建議下，三人走向談話室。正好看見奈美和曉子也來了，所以五個人一起坐在談話室的窗邊。

「真是抱歉，還把大家都找來了。畢竟快到吟行會的時間，所以我想說知會一聲就好……我原先是這麼打算的。」

師母的語氣很明顯相當困擾。是遼子告知奈美她們，因為覺得這是一種規矩，但師母似乎沒想到她們四個人會都跑到醫院來。

「老師是之前就不舒服了嗎？」

奈美問著。

「該說不舒服嗎……他是有說沒食慾。」

「診斷結果還沒出來對吧。」

一穗詢問。

「哎呀，應該是癌症吧。說是腸子腫瘤破裂，我想應該已經擴散到整個腹部了吧。」

師母雲淡風輕地彷彿在說陌生人的事情。

「是醫生這麼說的嗎？」

曉子詢問。結果師母輕聲笑了出來。遼子見到她是在兩年多前，她因為有什麼事情而在俳句聚會結束後前來。聽說她比老師小了一輪，那麼現在應該六十歲囉。戴著銀邊眼鏡、一臉充滿知性的面貌，是身材高眺而體型過於纖瘦的女性。年輕的時候說不定很漂亮。關於老師的性關係，師母不可能完全沒發現的，遼子想著。而且總覺得她一定已經看了那個「性騷擾實際案例」，大概也知道我是「後宮」成員，或許以為當下的對手只有我。她會打電話給我，也許正是因為如此。

「妳們會按照順序發問呢。」

師母嘻嘻笑著說。這瞬間不知為何遼子懂了，這個女人根本分不出我們四個人有什麼差別，昨天她聯絡的池內遼子是這四個人當中的哪一個，想來她根本也搞不清楚。證據就是今天這女人完全沒有喊過我或者其他任何人的名字。

「我爸也是這個病，所以我能夠理解。手術大概能抑制多少症狀之類的……大概可以短時間出院，但也沒辦法活多久了。我希望妳們最好思考一下今後應該怎麼做。實在相當抱歉……」

師母的語氣相當平淡，似乎下定決心不讓在場的女人看出一絲自己的情緒。遼子忍不住看向奈美她們，大家面面相覷，然後別過視線。遼子凝視著腳邊的地板，淡黃色的油氈。上面有無數細小的傷痕，而裡面有好幾條塞滿髒汙，變成淺灰色的線條。

活不久了？老師會死？還有一年？半年？那麼社團該怎麼辦呢？誰來繼承呢？但是有誰？無論是誰，自己待在那個社團裡有意義嗎？遼子感到震撼。明明才聽說老師會因病而死，自己卻一點都不感到悲傷，就只有恐懼。老師死了以後，我應該如何是好呢？

後天——不，是明天了。要去拿 Myla London 的日子。明天、明天、明天。

這次換成喃喃重複這個詞彙，就像是一句咒語。明明吟行會要中止了。油氈地板那髒汙線條，看起來就像是Myla London內衣的蕾絲圖樣。現在真的完全失去了買它的意義，遼子踏了踏地板，就像是要踩爛那幻影蕾絲，下意識地用腳摩擦著地板。

月島遙

中午過後母親打了電話來，實在是迷了路，希望我去接她。問她現在在哪裡，說是在下北澤車站前，真是令人傻眼。居然說什麼迷路，根本就還沒走出來啊。但這樣說了以後，母親又回嘴說不知道該往哪個方向走。

所以遙就去接她了。遙和道生住的那間公寓，走到車站實際上根本不到五分鐘。但下北澤的市區路線雜亂，的確是很難找到路。哎呀，幸好我還是叫妳來了。母親理所當然將小小的旅行包塞進遙伸出的手裡，小跑步跟在遙身旁，強調自己做得對。看起來又比先前見到的時候更瘦了，她原先應該是有點豐滿的身型，所以臉上憔悴的樣子遠比體型來得嚴重。眼袋下垂、妝容也怪怪的，眉毛畫得過重，嘴唇還亮晶晶的。

「手機裡不是有地圖程式嗎。」

「我沒有用過啊。」

母親回答的語氣並不像是覺得丟臉、還很自豪的樣子，遙苦澀地想著母親就是這種女人。肯定是覺得除了家事以外什麼都不會就是女人該有的樣子。

到了公寓後一語不發往樓上走，背後傳來像是倒抽口氣喃喃說著「就這裡？」的聲音。母親是第一次來這裡，當然不是自己高興叫她來的——是因為她在電話裡哭著說實在無法待在家裡，所以拒絕不了。父親被告發性騷擾之後，最近似乎有許多陌生人打惡意電話到家裡，她實在是神經衰弱。父親好像跟她說妳要不要到女兒家避難一段日子。

「您好，歡迎。」

門一開，道生就走了出來。他為了今天還特地綁起長髮，身上穿的不是那些花樣誇張的襯衫，而是匆忙去UNIQLO買的白色長袖襯衫。雖然遙告訴他不用這麼做，道生還是笑著說這樣比較好啦。他三十歲了，比遙大五歲，性格上與其說是穩重，更像是個閒散的男人。

「初次見面，女兒受你照顧了。」

母親打招呼的時候顯然有些僵硬，畢竟一頭長髮、袖口又能隱約看見刺青的男人，她這輩子大概只在電視上見過吧。

「餓了嗎？我可以做點簡單的東西。炒飯或炒麵之類的……剛剛泡了冰咖啡。」

「謝謝，我不餓……可以稍微躺一下嗎，我覺得好累。」

「好啊，這邊。」

遙拉起母親的手，公寓只有1DK[8]，兩個人原先當成臥房的和室就給母親使用，道生去住店裡、遙則睡在外面那破沙發上。母親進入六張榻榻米大小的房間，眼睛骨碌碌轉動看著兩人掛在梁上的衣服、道生的吉他以及房間角落彷彿灰塵疊在一起的書籍雜誌，和剛才一樣嘴裡說著「就這裡？」，難道是覺得我們會住在那種有客房的屋子嗎？

「抱歉，只有這裡。」

遙粗暴地從壁櫥裡拉出棉被，刷地鋪好。

「要不要打個電話跟爸說平安抵達了。」

雖然遙是想故意惹母親不開心才這麼說。

母親卻回答：「晚點會打。」

「爸沒問題嗎？他一個人。」

8. 有兩個房間的公寓，一個是客廳／用餐／廚房區，另一個是臥室。D代表「Dining」（用餐區），K代表「Kitchen」（廚房）。

「沒問題的。」

「說得也是，我看他應該是沒問題。」

原先是想關心一下，結果還是說出這種話。關於父親的性騷擾問題，母親幾乎沒有表明自己的意見，遙也一直沒想問。反正問了母親也不會回答，就算她回答了，我大概也會比現在更加煩躁。母親還是沉默，彷彿那棉被是個骯髒的地方，只在邊邊坐下。

關上紙門走到外面，道生正在餐桌邊喝著冰咖啡，遙也從咖啡壺裡倒了咖啡到杯子裡，坐在他面前。真抱歉。遙無可奈何地這麼說，而道生則回應不需要道歉啊。

「安穩點了嗎？」

「不知道，反正她會睡覺吧，我鋪了棉被。」

「這樣說有點過分呢。」

道生笑著，為了避免紙門另一頭聽見，他們相當小聲討論。

「但是她真的只有看我一眼呢。」

「抱歉。」

「哎呀沒關係啦，也不勉強。這樣我反而比較輕鬆。話說回來我是不是就在店裡住一陣子？白天也是。」

「你覺得這樣比較好的話，也是可以啦。」

「那我就先這麼辦吧。不過也要看她待到何時。」

「也是，不知道打算待多久。要是太久的話我會趕她走。」

「哎呀……對她溫柔一點啊，她也很可憐啊，畢竟又不是她的錯。」

遙並不想點頭。因為她覺得其實這件事情，母親不能說是沒有責任。母親應該某種程度是知道父親做了些什麼，卻又放任他。或許應該告訴道生這件事情，但就像面對母親的時候一樣，還是會遲疑著要不要對他說。在父親性騷擾問題一開始被報導出來的時候，對著買了週刊雜誌的道生大發脾氣。雖然那份怒氣是真的，但也有種除了生氣以外放棄其他反應。那種感受大概道生也感覺到了，所以他的表情和言詞才會那樣模糊曖昧。

道生要負責店裡餐點的前置準備，所以通常會比遙還早出門，今天又比平常更早，大概打算在母親醒來前就消失吧。

遙還有兩小時才會出門，平常處理些雜事忽地就過去的時間，今天卻覺得漫長無比。要不要寫個便條留給母親，自己也早點去店裡呢？才剛這麼想，又想起什麼似地連忙走去和室。

輕輕打開紙門，母親在棉被裡呼呼大睡。原先想著不過是在井之頭線上移動幾站，也不會多累吧，但實際上或許真的是相當疲憊，可能先前根本沒睡好吧。

為了避免吵醒母親，輕手輕腳從棉被旁邊走過，在那疊書裡面抽出了幾本雜誌。那是告發父親報導的週刊雜誌、刊載後續報導的雜誌，還有以父親事件做為開頭編了性騷擾特集的雜誌，只要有看到就全部都買來讀過。自己也真是太粗心大意了，居然把這種東西隨手放在要讓母親休息的房間裡。

拿著雜誌回到餐廳，把雜誌放在桌子上，這才發現自己這陣子獨自在家的時候都關在和室裡面重複閱讀這些雜誌。心裡有種義務感認為自己必須比所有人都更加理解父親做的事情才行，同時又覺得自己是在尋找不需要更加憎恨父親的理由，但根本找不到那種東西。遙將雜誌疊起來，裝進黑色垃圾袋中塞到沙發下。不管是哪一篇報導，都早已刻劃在腦海裡。

最後閱讀的是一本月刊上的「特集　性騷擾實際案例集」。這篇報導當中「文化中心講師性騷擾」只出現在開頭的部分，沒有提出事件本身和父親的名字，但寫著讓遙心頭一驚的事情。裡面出現了自己認識的男人：「自稱音樂製作人A先生」。雖然去年病故了，但是五年前大約四十多歲，容貌「過瘦、山羊鬍」穿「黑色獵裝」帶著「GUCCI肩背包」，從這些特徵看來肯定是赤坂規。正如同報導說「出沒於女性樂團表演的場地」，遙六年前在東京市區好幾個場地都見過他。

當時遙並非隸屬女性樂團，高中時代組的樂團在畢業後活動一段時間後有人退團、也加入了新成員，當時只有擔任主唱的玲美和主吉他遙是女性，貝斯、鼓手和另一名吉他是男性。但赤坂規很明顯是看上了玲美和遙。

當時遙十九歲，玲美二十二歲，男性團員的年紀也都差不多。遙離開父母一年，覺得自己已經很了解這個世界的現實，現在想想根本相當無知。其他團員也是，大家都相信只要赤坂規看上我們，就能夠順利出道。對於樂團音樂表現出關心的「專業人士」明明就只有赤坂規，但是他遞過來的名片上印刷著「音樂製作人」那個職稱，以及談話時他吹噓自己與知名公司製作的內容，根本沒有人懷疑過他。

在展演空間表演過後，只要赤坂規來了，讓遙與玲美隨侍在側喝酒變成一種習慣。也不管她們是否答應就被迫交換電話號碼，就算沒有表演的日子，他也會打電話來。一開始是遙和玲美兩個人一起被找出去，之後就變成分別被找去。遙陪他吃了三次晚餐，要和那種一點都沒在隱藏下流想法的中年人相處幾個小時實在是相當痛苦。雖然向團員說希望他們幫忙想想辦法，他們卻說又沒什麼、忍耐點就好。就連玲美都跟男孩子們抱持相同意見，也就沒辦法再多說什麼了。

第四次赤坂把她叫到新大久保那邊的韓國料理店，一開始就有種不好的預感，結果吃完飯走出店家，他就說再陪我一下啊然後把手圍上自己的腰。硬是忍著跟他走了一小段，結果進了兩邊都是賓館的路。男人甚至沒有徵求同意就打算把遙推進賓館裡，遙掙扎著從男人手裡逃走了。回到家以後、甚至那天天亮以後，腰上那種黏著男人手臂的觸感都沒有消失。

結果那讓她脫離了樂團。幾天後她告訴其他團員說自己差點就被帶進賓館裡，表明以後她絕對不再跟赤坂往來、演唱會後也不會陪他喝酒，大家的關係就產生了裂痕。雖然成員沒有強迫她要跟赤坂上床，卻隱隱約約暗示她拒絕這件事情是對樂團和音樂的熱誠不足。雖然沒有明言，但玲美在那時候似乎已經跟赤坂睡過幾次。我不討厭赤坂先生啊，會工作的男人很有魅力。那時玲美對遙說這種話的神情，到現在都還能馬上回想起來。不——自己那時候的情緒覆蓋了記憶，只是用類似畢卡索畫的女人的樣貌、那種不現實又可怕的面孔，讓上面的嘴巴開開闔闔說出玲美的話語。

脫離樂團之後，就連先前樂團會去的店家也都不去了，畢竟成員都會去那間店。所以就去了別的店家，就是道生的店。

結果還是留了便條給母親就離開公寓。

道生的店家在靠東北澤那頭偏離鬧區的地方，晚上六點開店，遙有告訴母親說自己晚上會在那裡。冰箱裡也放了食材，便條上寫著都可以用，可以自己做晚餐吃。

因為說明起來很麻煩，所以告訴爸媽那是個展演空間，他們好像也相信了，但其實道生的店是間酒吧。除了吧檯以外只有一張桌子，是不到十坪大小的店家。熟面孔也大多是玩音樂的人，所以吧檯旁邊有個小小的空間，有時候會舉辦小型演唱會，這才是店家的實際情況。原先是道生一個人負責的店家，現在遙也會幫忙招呼客人。

店裡放著 The Police[9] 的音樂，是他們重新組團後於二〇〇八年發售的現場演唱音樂。

「怎麼這麼早。」

道生從廚房探出頭來苦笑，看來正在準備料理，空氣中混著肉醬和咖哩的氣味。

「我要不要也睡在這裡呢。」

「說什麼傻話。」

遙打掃完店裡、連玻璃杯都擦過一遍，也還有一個多小時才開店。不擅長做菜所以幫不上道生的忙，結果在這裡也是時間多到不行。道生畢竟是道生，完全縮在廚房

9. 一九七七年，於英國倫敦成立的三人搖滾樂團，由主唱史汀（Sting）、鼓手斯圖爾特．科普蘭德（Stewart Copeland）以及吉他手安迪．薩默斯（Andy Summers）組成。

裡絲毫不打算出來。或許我才是多餘的，遙想著。

二〇〇八年，遙坐在吧檯邊思索著那年的事情。那年遙十三歲，知道 The Police這張專輯，那時候剛對西洋音樂產生興趣，只要網路或雜誌上提到的她全部都會聽過一遍。耳邊響起父親說「喔，The Police啊」的聲音。那是在早餐桌上，父親從遙的耳邊摘下了耳機，塞進自己的耳朵裡。爸你知道The Police喔？知道啊，是史汀吧，重新組團了。他們有過這樣的對話。雖然父親馬上就把耳機還給遙，但也不覺得要用那個剛才塞進父親耳朵的耳機有什麼討厭的。若是現在他做這種事情，遙大概會在他眼前把耳機丟掉吧。那時候還喜歡父親，是父親成為文化中心講師的第三還是第四年。但就在那一年，那個告發父親「那是強暴」的作家小荒間洋子開始去文化中心上課。二〇〇八年就是那樣的年分。

父親四十八歲的時候辭掉了大出版社的工作，遙隱隱約約明白不是什麼開心的離職，似乎是因為他是個「老派編輯」。這個詞彙有時用在好的方面，但也會用在令人困擾的事情上。事實上他就是被任命要從編輯部轉移到廣告部的時候提了離職。之後又去了其他比較小的出版社，但是和那裡的上司處不來，只做了不到一年。那時候的父親總是心情很差，家裡的氣氛相當灰暗。但後來他成為文化中心的講師，空氣就猛然轉變，父親開始會開朗地笑著。印象中曾聽母親說過他找到天職之類的。

是從什麼時候起開始討厭父親的呢？等等，或許在那之前就討厭母親了。是什麼時候開始，不管她是笑、是在說話、想些什麼，甚至是在嘮叨遙某些事情的時候，都覺得那不是母親而是她的「皮」在做這些事情？是什麼時候因此絕不向母親說真心話，因為覺得不能將對於自己真正重要的事情告訴母親呢？

遙是在十五歲的時候看見父親和女性——大概三十多歲、非常優雅的人，走在一起。印象中還覺得，哎呀原來如此，所以母親才會變成那樣、所以我才不喜歡父親啊。自從那時候起一直到不久前，自己都認定父親出軌、他在外面有情人。但她們根本就不是情人，是父親用他所謂的文化中心講師「天職」得到的力量，讓她們服從自己的意思。外遇還比這好太多了，真令人想吐。

記憶中有一片晴朗無雲的天空，那是遙四歲或五歲的時候。幼稚園讓大家在外面玩耍的時間，忽然看見一扇門、而且用手一推就開了，就只是因為這樣，遙一個人跑出了幼稚園。雖然跑掉了，但並沒有要做什麼，要往哪裡去？也只能想到自家。在平常母親牽自己走過的道路上，因為害怕而快要哭出來，走在那似乎漸行漸遠的道路上，對面忽然有個男人往自己跑過來，是父親。父親那天湊巧因為腸胃炎而向公司請假，明明應該正在發高燒，卻因為接到幼稚園的聯絡而臉色大變地來找女兒。父親發現遙，馬上張開雙手跑了過來，吼叫般地喊著遙的名字。雖然被父親緊緊擁抱的時候遙哭了，但那是因為被父親在哭泣這件事情嚇到。父親的兩手就像是起重機，又巨大、又柔軟而溫暖的起重機。

還有另外一片天空，是黃昏漸晚的天空，那時遙十歲。那是從辦公室的窗戶裡看到的天空，父親站在身邊，正在對男性班級導師怒吼。前一天體育課時間被老師警告不要聊天，但說話的明明是旁邊那幾個同學、遙並沒有說話，如此辯解之後老師忽然就掌摑了遙的大腿。因為當時穿著運動服，所以被打的地方留下了老師手掌的紅色印子，母親便將這件事情告訴父親。她可是女孩耶？父親怒吼著。你用男人巨大的手掌，摑了女孩子的腿，你懂這個意思嗎？你是知道還打的嗎？父親這麼說。班級導師三十多歲，有些日子對大家特別親切、有時候又會歇斯底里怒罵大家，所以女孩子們特別討厭他——此時他只能低著頭。雖然父親怒氣的緣由和自己的似乎不太一樣，不過被打大腿也的確是非常震驚，所以父親來怒罵老師讓遙覺得很開心。在某個時期以前，父親對遙來說就是神明。具有龐大無比的力量，在遙有困難的時候一定會來幫忙的神明。保護遙不會悲傷、不會生氣、不會受到羞辱的神明。

笑死人了，遙想著。先前她才用神明這樣的詞彙逼問父親。實在無法忍受他說什麼寫小說是這樣那樣，似乎是絲毫不覺得自己做了壞事。所以就跟他說：「你以為自己是神嗎？」實際上「神明」的確有巨大的力量，而他充分運用了那種力量，把女人們壓倒在身下。

夜越來越深。

開店沒多久，為了用餐而進到店裡的客人大多已經離開，之後來的是已經在別處用過餐、或者是生活日夜顛倒的客人頂著睡眼惺忪的臉前來。今天沒有樂團演奏，只有剛才有位常客彈了好一會兒古典吉他。過了十點以後的客人通常都是常客，或者是他們帶來的朋友，所以道生也開始喝起了威士忌調酒。

「小遙也一起喝啊。」

常客對著和道生一起站在櫃檯裡的遙說。遙點點頭，往玻璃杯倒了薑汁汽水。

「怎麼不是酒。」

「嗯，今天不要。」

以前會和道生一起在有人勸酒的時候就喝，不過自從看過父親的報導以後，不知為何就是不想這麼做。

「咦，該不會該不會？」

另一個在吧檯喝酒的常客探出身子，遙一開始沒聽懂意思，愣了愣之後理解而苦笑著回答「不是的」。

「咦？懷孕了？」

勸酒的男人問道。

「就說不是啦。」

「不是？真的嗎？」

「哎呀道生啊你是行不行啊？」

男人們三言兩語說著。

「閉嘴啦。」

道生回嘴。

「不可以這樣啦，現在說這種話會被說是性騷擾喔。」

一位坐在桌邊椅子的女性朝吧檯方向加入對話。她的語氣半開玩笑，所以男人們都笑了。遙走向廚房，感覺道生偷瞄著自己。

開店前就在播的 The Police 還在播放，是在南美洲開的演唱會。〈Message in a Bottle〉的前奏和歡呼，另一位桌邊的客人也高聲唱了起來。吧檯邊的男人提到，說到性騷擾啊。

「赤坂的事情刊在雜誌上了耶。」

「咦？性騷擾嗎？那傢伙是詐欺犯吧。」

「也死了呢。」

「對啊，是腎臟還是肝臟？好像本來就有病。」

「好像也有老婆跟孩子喔。」

「哇！什麼樣的女人會生那傢伙的小孩啊。」

「但他好像睡了不少耶，上面寫說被害者有十幾個人。」

「說是被害者也很奇怪耶，又不是被強暴。」

「哎呀，睡一覺就能出道的話我也會睡啊。」

「哈哈！跟誰睡啦。」

「道生之類的？」

「別說那種噁心話。」

笑聲，道生也在笑。遙曾經和赤坂交手、遙的父親被告發性騷擾，這些事情都只有道生知道，所以大家才會這樣聊吧。道生畢竟醉了，他應該是想著自己必須小心不能曝光我的過去和我的生父是誰吧。這種事情根本稀鬆平常，遙想著。這種對話總是環繞在我身邊，不僅僅是在這間店裡，從以前就到處都有。通常我自己也會加入那些對話，而且是笑著說話。這種對話就像是一片風景，我只是當中的一部分。然而我現在看著相同的風景，就像是被迫看著剛被剝下來的動物皮。

牛仔褲後口袋裡的手機忽然響了起來，在廚房後方蹲下、拿出手機，看見來電是「老家」而一愣。「老家」指的是家裡那臺固定電話，而母親現在來我這裡，就表示打來的應該是父親。

「遙，妳媽有在那邊嗎？」

這是父親的第一句話。他是第一次打遙的手機，說起來他應該不知道號碼，因為原本遙只有告訴母親，看來可能有寫在哪裡吧。

「沒有在這邊，她在我們的公寓。」

遙這時還想著不知父親找母親有什麼事情，可能是撥了母親的手機而她沒接，所以才打給自己的吧。

「所以有在那邊囉。」

「我就說我現在人在店裡，媽應該在公寓。」

「應該在，就表示不確定在不在囉？鑰匙呢？妳不可能把她關起來吧。打個電話確認一下吧，我打過去也沒有人接。」

父親似乎相當慌張，所以搞不清楚他到底要幹嘛。最後才弄明白原來母親並不是在父親的指示下到遙這裡，而是沒說自己要去哪裡就默默從家裡消失了。父親從書房走出來的時候沒看見她，心想可能去買東西了吧，結果到了晚上還是不見人影。剛剛好不容易才找到遙的電話號碼就撥了過來。

掛掉電話的時候，父親的不安也傳染給遙。離家出走而非避難，根本不是遙所認識的母親會做出的事情，換句話說這是相當緊急的狀態。然而自己卻將她一個人留在公寓裡。試著撥電話也打不通，聽見的是機器訊息「您所撥的號碼現在沒有開機，或位於沒有訊號的地方」，會不會是在公寓裡那房間裡醒過來，做了點東西吃以後又繼續睡覺呢？不，那時候母親真的睡著了嗎？會不會只是裝睡呢？那麼為什麼不接電話？她真的在公寓裡嗎？她為什麼來見我，有什麼目的嗎？她一直對於丈夫對女人們做的事情保持沉默，事到如今……

吧檯邊的男人們大笑著，遙從他們之間猛然竄出，連道生都來不及喊她就出了店家。下了狹窄的樓梯、在兩旁店家霓虹燈照亮的小路裡奔跑著。在這每天看慣的景色當中，與其說是想確認母親安危，遙奔跑得彷彿是想離開這些景色。

就在下一個轉角能看見公寓處，那傻站在街燈下的肯定就是母親。媽！遙忍不住開口叫了一聲，母親後退了一步，想著她可能會轉身就逃，遙衝上前去抓住母親的手。

「好痛。」

母親皺起臉來。臉上的妝雖然掉得差不多了，但身上穿的是來時的服裝。

「妳在幹嘛？」

遙的聲音在顫抖，鬆了口氣的感覺大於怒氣。

「什麼……因為妳一直沒回來，所以我出來找妳啊。」

「我不是有寫便條嗎？妳沒看嗎？」

「我看啦，可是妳一直沒回來……」

「妳又不知道店面在哪裡，是打算去哪裡啊？」

母親回答不出來，有種像是薄膜似的東西輕輕覆蓋在母親的臉上。一邊感到惡寒，遙重新抓好母親的手。

「反正我們回去吧。」

「回去哪裡？」

母親抬頭看著遙，那表情彷彿天真無邪又像是有些壞心眼。回去哪裡？母親似乎明白遙根本不知道答案——遙帶著她，根本不想回店裡也不想回到公寓裡。

第四章 二十八年前

月島光一

麻子就在植物公園入口一側排隊買票的人龍旁，月島在腳踏車上揮了揮手，但她沒有舉起手。不小心睡過頭、腳踏車又在來這裡的路上爆胎，找到車行修好輪胎以後才過來，已經遲到了將近半小時。

「抱歉、抱歉，幸好妳有等我。」

聽他說明了遲到的理由，麻子苦笑著點點頭，說是剛才已經買好，把票遞給月島。對不起、實在抱歉，月島不斷低頭連聲道歉，去停車場把腳踏車停好之後，追上先走進大門的麻子。那是個七月初接近正午，微陰的悶熱星期天。

麻子停下腳步，還以為她是在等自己，所以先行跨出一步，卻聽見她問：「要去哪裡？」

「去哪裡……沒決定啊，反正是散步。」

「散步哪。」

「哎呀與其說是散步，其實是約會啦。散步約會啊？」

麻子點了點頭，月島再次跨步走出。想著走一圈之後就去隔壁的深大寺吃蕎麥麵，如果麻子想去就順便去個賣甜點的茶店，然後一起回公寓。今天若走這樣的行程就是第二次了，上次的氣氛不錯，所以今天應該也行吧。但總覺得哪裡不太對，不知道是因為遲到、還是因為悶熱。

哎呀，有時候就會這樣啦，結果月島還是一如往常如此想著。最近這種感覺的日子特別多，或許是因為兩人交往太久了。麻子是月島從大學時代算起交往的第二個女朋友，她比月島小四歲，現在三十一歲在大型補習班擔任英文老師。四年前由於自己負責的作家打算寫個以大型補習班做為背景的小說，陪同作家前往採訪資料的時候，也曾向她問過不少事情，後來兩人便開始交往。

玫瑰園裡的玫瑰開得稀稀落落，就連開著的花朵都似乎無法忍耐暑熱而垂頭喪氣。以前來的時候有個在畫玫瑰素描的老人，月島和麻子坐在露臺之類的地方的長椅上，開開心心地對於老人的身分和過去做出各種推測。今天沒有老人，甚至完全沒有其他人的身影。售票處明明排了那麼多人，月島覺得這簡直就像是大家避著我們兩個哪。不過月島走上通往露臺的階梯，麻子也默默跟了上去，兩人和先前一樣坐在長椅上。

「好熱啊。」

聽月島喃喃說著，麻子也回了聲：「嗯。」

「要不要去深大寺吃個蕎麥麵，早點去我房間？」

「蕎麥麵……這個嘛。」

「不想吃蕎麥麵嗎？還是去三鷹站看要吃什麼？」

「嗯……這個嘛。」

月島感到有些疑惑地看向麻子的側臉，雖然不是非常華美卻五官端正，是張氣質高雅的臉龐。有種夢二[10]筆下畫的女人那種氛圍，當初幾乎是一見鍾情。她的性格也如同外貌一般沉靜，就算曾經像剛才那樣對自己苦笑，兩人也不曾吵過什麼架。

「怎麼啦？妳今天怎麼怪怪的？」

月島試著打哈哈，笑著問麻子。

「你今天為什麼要騎腳踏車來？」

10. 竹久夢二（一八八四—一九三四），本名竹久茂次郎，日本畫家、詩人。以美人畫聞名，作品被稱為「夢二式美人」。

「咦？為什麼……因為這樣最快啊。」

「但結果沒有比較快吧？」

「哎呀，是沒錯啦。」

果然她還是很在意自己遲到嗎？月島在內心略略覺得煩躁，女人真是麻煩的東西。

「又要騎腳踏車去你那邊嗎？雙載？」

「也只能這樣吧？妳在後座，我騎過去？」

「但可能又會被警察抓吧？」

「沒有那回……」

這麼說來上次來這裡然後回去房間的時候，被騎腳踏車的警察攔了下來，警告我們不可以雙載。但那時候就變成由麻子騎著腳踏車、月島跟在旁邊跑，一直到看不到警察為止，兩人不是還拿來當笑話說嗎？

「那時候我不是有說了，別再騎腳踏車來嗎？」

「抱歉，但因為快遲到了。騎腳踏車比搭公車快嘛。如果妳不想雙載的話，說老實話妳可以自己騎沒問題的。我就搭公車回去，還是要反過來也可以。」

「不是那個問題。」

麻子低著頭。總覺得她像個孩子似的在鬧脾氣，但月島完全搞不清楚到底發生什麼事情。

「熬夜嗎？」

旁邊坐的內田突如其來這句話。月島一開始根本搞不清楚他在說什麼，接著含糊地回了：「嗯，是啊。」月島正在閱讀其他公司最新一期的文藝雜誌，刊頭連載是他稍後要去拜訪的小說家木村佑太郎最新長篇作品。內田大概是要問他，是不是為了向木村表達感想而連夜閱讀。

兩個人穿著輕鬆的短袖襯衫和棉布長褲搭上特級梓號列車。木村佑太郎建在八岳山腳下的別墅新居落成慶祝是今天晚上，各出版社的責任編輯都會過去，所以雖然沒有相約，還是在新宿車站遇到了另一間公司負責木村書籍的內田編輯。

「再十分鐘左右就到囉。」

「嗯，讓我專心一下。」

月島雖然嘴裡這麼說，卻不是因為真的「熬夜」而感到心焦，事實上木村這篇新作品已經讀到第三次了。昨天拿到雜誌馬上就讀完、晚上又讀一次，然後現在是第三次。因為實在太有趣而忍不住在腦袋中一直思考著，能夠寫出如此厲害小說的男人，一定要請他寫這個、還有那個主題之類的事情。

火車開進茅野站，月島闔上雜誌，嘆了口氣。現在等同是一趟短程旅行，但因為從第一次閱讀這篇小說起就一直在思考這篇小說的東西，所以一直都是正在旅行的感覺。同時月島也發現，在讀小說的期間他根本完全忘了麻子的事情。

麻子另外交了個新男朋友，是新任的數學老師，比她小三歲，她說所以和月島就到此結束了。月島忍住沒問妳是跟他睡過了嗎，開口說的是那傢伙不會騎腳踏車雙載嗎？應該不會，麻子回答的時候落了淚。為什麼是妳哭啊，想哭的是我好嗎？月島想著。雖然不是馬上，但先前一直覺得將來的結婚對象就是麻子。

但結果月島自己一個人回到公寓後也沒有哭，之後回想起來自己幾乎也沒有唉聲嘆氣，因為週末的時候習慣性翻開了從公司帶回來的文藝雜誌，上面刊載了木村佑太郎的新作品——馬上就沉浸在小說的世界當中。真想將這件事情告訴麻子——或者是那個睡了麻子的男人，月島想，妳對我來說就是這點程度的存在而已。不，或許麻子就是感受到這點所以離我而去，這麼一想又覺得她很可憐，月島也因為這種心情而大感安慰。

下午一點後，月島、內田以及另外兩位男性編輯——屋代和淺香在茅野站月臺上會合了，雖然都隸屬不同的出版社，不過大家都認得彼此，所以一起搭計程車前往木村的別墅。月島坐在副駕駛座，另外三人則在後座。

「大家都今天回去嗎？」

車子一開動，內田便問大家。他二十五歲，是四個人當中最年輕的。

「當然。」

「畢竟沒說我們可以留宿呢。」

屋代和淺香回答之後，月島說：「我也是。」

「末班車好像是八點多吧，吃了飯就得趕快離開。從東京過來要兩三個小時，到底是來幹嘛的啊。」

屋代笑了。

「不過總比住一晚還跟木村先生一起吃早餐來得好吧？」

聽淺香這麼說，大家同意地笑了。木村佑太郎出道的時候是有名的討厭人，隨著時光流逝他逐漸有名以後，反而變得相當具社交性。不過他還是很容易因為一些小事就不高興，甚至鬧彆扭的時候還會砍掉連載中的作品，是有名難以應付的作家之一。

「話說回來晚餐要怎麼辦啊？是木村先生要做嗎？」

「好像是三宅小姐和真行寺小姐會先去準備。」

內田說的是其他公司的女性編輯。哎呀原來如此。那就安心啦。屋代和淺香紛紛回應。「空氣感覺不錯啊，天氣也涼。」屋代像是打圓場似的說著，可能是因為月島一直沒有加入對話。

月島在內心輕視著他們三個人，實際上要是覺得「到底來幹嘛的」那就別來啊。就算立場上能夠明白木村佑太郎對公司來說是相當重要的作家，也沒有人像我這樣理解他的小說有多麼美好。

在用地清楚劃分的別墅地區中，那特別引人注目的木屋就是木村佑太郎的別墅。如內田所說，已經有兩位女性編輯在此，端出了冰紅茶和餅乾。五十多歲在職許久的三宅和月島相當熟稔，不過比內田還年輕的真行寺他就只聽過名字了。新人真行寺應該沒有負責過木村的作品，但她和三宅同公司，月島推測可能是三宅帶她來的吧。確實現場女人只有三宅一個的話實在很單調。

「哎呀她們已經比我還清楚家裡面的格局了呢。」

木村佑太郎坐進一張看起來也是頗為引人注目的厚重皮革沙發裡笑著，他比月島年長五歲，目前四十歲單身。據說要把這間房子當成據點，而月島去過好幾次的幡谷那棟大樓則是「東京的工作室」。

「要討論作品內容就在這裡吧，就算每星期都要過來我也會來的。」

「您真是找到了個好地方呢，木屋感覺實在很棒。」

屋代和淺香臉不紅氣不喘地拍著馬屁，木村則發表了好一會兒他購買土地的前後經緯、決定蓋木屋的理由、尋找建築師的辛勞等。方才打完招呼就進了廚房的兩位女性也出來就座，三宅說：「我已經想著要住在這裡呢。」聽他這麼說，木村更是一臉高興。結果今天被叫過來這裡的都是木村喜歡的編輯啊，月島想著。證據就是負責新長篇作品的編輯並沒有過來。他們是關係不好嗎？又或者是本來還不錯，卻在這項工作往來當中關係變差了呢？木村佑太郎有時就會這樣，他很討厭編輯的建議或者提議之類的，做這種事情不被討厭的大概也就只有我了吧，月島想。

「晚上在露臺那邊烤肉，女生們要幫忙準備，男人就去釣魚吧。後頭有條小河，我準備了很多釣竿。」

木村這麼說，四個男人便走了出去，得以從不好應付的作家手下解脫，淺香和屋代似乎鬆了口氣。樹林間小河潺潺，景色也相當不錯，各自決定好地點後大家便垂下釣竿。雖然木村說運氣好的話可以釣到鱒魚，但四個人在半個多小時後依然兩手空空，內田、淺香和屋代試著換地點垂釣，不知何時都已不見蹤影。大概去哪裡午睡了吧？月島沒有拉起魚鉤就把釣竿放在地面，在一旁坐下。

這裡只有葉片沙沙聲響，發現自己獨自一人，才像是風吹起書頁般猛然想起麻子的事情，但也只有一瞬間。月島的腦中再次充滿了木村佑太郎小說的東西，覺得來這裡真是太好了。木村買了別墅、是在這樣的地方、是那樣的房子，感覺這些都能給予自己腦袋裡的點子一些新的靈感。就像是拼圖少的那一片嵌進去一樣，月島非常亢奮，再次想著麻子無法給自己這種感覺。

木村佑太郎忽地冒出來。

「你在幹嘛？那些傢伙都回去喝啤酒囉。」

「木村先生，您很久沒回去秋田了嗎？」

「啊？怎麼忽然問這個。」

「您新的長篇故事裡有出現一個講秋田腔的男人，我實在非常在意那個角色。」

月島脫口將腦中的事情說出，木村則一臉呆愣地聽著月島滔滔不絕。

考量到末班電車的時間，下午四點就在露臺烤起了肉。雖然日頭高掛但氣溫已經驟然下降，穿著短袖襯衫還會覺得有點涼。

似乎是木村拿錢請兩位女性編輯去買東西，木村還交代能買多少就買多少，男人們拆開原先連包裝都還完整的燒烤架組裝好之後點火，烤起了肉類和蔬菜、喝著酒。

用來醃漬霜降和牛的醬汁是三宅自己做的，味道實在很棒。月島驀然想著，雖然包含木村在內的所有男人都相當稱讚，她看起來也很高興，但搞不好心裡想著她們自己到底是來幹嘛的。花了兩個多小時來到這裡，卻是幫忙打雜。現在雖然和大家一起喝酒，但幾乎要負責烤肉、裝盤、幫大家添酒、去拿飲料等，怎麼看都非常忙。尤其是比較年輕的真行寺一邊還要顧慮前輩三宅，所以都在幫其他人服務、自己幾乎沒吃。

「真行寺小姐，請用。」

月島用夾子拿起那已經差不多熟了的烤肉，放進她的盤子。

「謝、謝謝您。」

真行寺戒慎恐懼低頭的程度連月島都覺得有點尷尬，她應該是兩年前剛畢業進公司就被分發到文藝雜誌編輯部吧，隱約有印象那時候同業之間還大肆流傳說有可愛的女生入行了。所以她才被帶來嗎？看起來木村佑太郎也是今天在這裡第一次跟她見面，但很明顯是相當喜歡她，想來今後不管是企劃還是散文之類的，如果是她來委託大概也都會接下來吧。這麼一想就算是在別墅打雜、連吃東西的時間都沒有，似乎也沒什麼關係。若是作家能夠明白你閱讀小說的能力，當然也會受到那名作家喜愛。但是再怎麼說女人都比較有利——要是年輕又長得漂亮更是如此，月島想著這事的同時偷看著真行寺的側臉。

啤酒之後又開了香檳、紅白酒等，大家都醉醺醺的，也開始聊起了最新長篇作品，除了月島以外每個人都說了些大概事先就準備好的感想，月島只是稍微附和他們。因為月島的感想，剛才已經在河邊告訴木村。木村並沒有把這件事情告訴其他編輯，彷彿他在河邊和月島沒有過那樣的對話。木村這樣的態度對自己來說……也就是說，那些構想對於自己希望木村寫下一部作品的這個願望——究竟是吉是凶目前真相未明。在河邊聽完月島的話之後，木村說：「這樣啊，很有趣呢。」但他的語氣和表情相當平淡，並不像平常兩人獨處時那樣，也沒有再多說些什麼。

現在小說的話題已經結束，轉而談起了有些辛辣的事情。木村的酒力不強、醉後習慣也很差。依照順序說出「第一次性經驗是幾歲什麼情況」這種下流遊戲就是他提出的。

「我第一次的對象是床單啊。」內田說這話讓大家哈哈大笑。接下來是月島，淡淡說出記憶中的「大學一年級跟女同學」讓場子一下子冷掉。屋代和淺香都說出彷彿事前就準備好的內容，三宅——月島覺得她肯定是胡謅的，但聽見她說「十八歲的時候、煙火大會穿著浴衣在河岸邊」讓木村高興得很。月島不禁感嘆想著，果然老資格編輯有老資格的道理啊。最後是真行寺。

「恕我無可奉告。」

她是這麼說的，臉上雖然有微笑卻很僵硬。
「不可以不說啦、不可以。」
木村已經有些陰陽怪氣的。
「畢竟是編輯，話還是得好好說啊。」
屋代也這麼說。
「這是私人的事情，我不想說。」
真行寺如此回嘴，臉上已經失去笑容。一瞬間大家都陷入沉默。
「該不會是處女吧？」
聽淺香這麼說，屋代也跟著起鬨吹口哨。
「哎呀，處女嗎？」
木村說著。
「那就處女吧。要是這話從我口裡說出來就太誇張了，真行寺小姐倒是沒問題呢。」
三宅拍了拍手，是想化解尷尬嗎？木村用鼻子哼了一聲。
「沒想到真行寺小姐這麼無趣呢。」
「真抱歉。」

真行寺起身進入屋子，看來應該是去洗手間，卻一直都沒回來。

「我也借個廁所。」

月島說著便站起身來，因為氣氛變得不太對勁。要是得有人幫這情況收拾善後，那麼自己應該是最佳人選吧——畢竟剛才沒有嘲笑真行寺的也就只有自己而已。雖然不想跟那些人一起拿年輕女生開玩笑下酒，不過真行寺也真是的，又不是小孩子了，可以婉轉一點啊，月島不禁覺得有些煩躁。

廁所在洗手間的後方，不過才打開洗手間的大門就看到了真行寺，雖然因為看到月島進來所以假裝在化妝的樣子，但很顯然剛剛是在哭。哎呀呀，月島想著，像是安慰孩子那樣拍了拍真行寺的背。

「再不回去的話又要被說三道四囉。」

「好的……真抱歉。」

真行寺的聲音哽咽著。

「再一小時就能回去了，加油。」

月島說著便進入廁所，或許是看到她哭泣的臉，又隱約想起麻子，然後像是要洗掉記憶般豪爽地排尿。

剛做完校稿工作的編輯部空蕩蕩，編輯部的人各自為了外出開會或收集資料而走出辦公室，只有月島一個人在桌前讀稿子。

電話鈴聲響起。「那個，我是真行寺……」另一頭傳來細小的聲音。上週末去木村佑太郎別墅之後，回來前和真行寺互換了名片。

「妳好，前幾天辛苦了。」

月島一邊想著不知道是什麼事情呢邊應著。

「實在非常抱歉給您添了麻煩。」

真行寺說道，聲音相當緊張。

「哎呀，說什麼麻煩……不會啦，妳是為此特地打電話來的嗎？」

「一方面也是，另外有事情想找您商量。」

「嗯？商量？」

此時總編藤野走了進來，看見月島轉過來，他舉起手打了個招呼後回到自己的座位。

「抱歉，現在沒什麼時間。」

月島明明有空，卻不知為何這樣告訴真行寺。

「哎呀，這樣啊，真抱歉這麼突然。我之後再打吧。」

「我事情處理完會打給妳的，抱歉。」

掛掉電話以後月島想著，怎麼變得這麼麻煩啊。要商量什麼事情明明馬上聽一聽就好，但有種預感那不是藤野在場時能夠談的話題。

要不要出去外面打給她呢？正這麼想，桌上的電話再次響起。不會是真行寺等不及了又打來吧？惶恐拿起話筒，是木村佑太郎心情超好地說著：「欸，是我啦。」

那星期的週末，月島隸屬的編輯部那間文藝雜誌有個新人獎頒獎儀式和慶賀宴會。

好不容易處理完評選委員那幾位小說家的接待工作，月島站在頒獎儀式會場一角。飯店宴會廳中鋪了紅色地毯的房間裡，到處都是同業人員。四下也有許多作家，剛才保險起見還是找了一下，但是並沒有看見木村佑太郎。原則上他是不參加業界宴會的。

難得繫上的領帶令人感到悶熱，月島下意識拉了領口好幾次。這星期比以往讀了更多的稿子、雜誌、書和小說，總覺得腦袋裡有一部分還沒有回到自己身上。社長在臺上開始向大家打招呼，正愣愣地望著臺上、思索著典禮後的步驟，忽然有人從後方拉了拉自己的袖子。

「哎呀，您好。」

是三宅，上次見面是在木村佑太郎的別墅，今天她身上那襲宴會用、帶著光澤的小花圖樣洋裝，像是包裝紙般包起了略為豐腴的身體。

「你知道真行寺的事情嗎？」

三宅悄悄說著。

「啊？她怎麼了嗎？」

「你不知道啊，我還以為她會跟你說呢。那孩子不做啦，她在那之後就沒來公司了，到今天才打電話來說她要離職。」

「咦……」

月島忍不住揚聲。不做了，這麼說來先前的電話肯定就是要商量這件事情。結果月島後來也沒有打給她，因為想著如果真的有需要，她就會再打給自己吧。

「是因為在木村老師家發生的事情嗎？」

「應該吧？她完全沒有聯絡我，所以我也不確定就是了。」

「會因為那樣就辭職嗎？」

「無論如何她應該都不適合當編輯吧。搞不好根本不適合出社會呢，那孩子。雖然這樣講不是很好，但真是給人添麻煩。那天我好不容易把氣氛炒熱了，因為她又搞得大家很僵。」
三宅大肆抱怨像是要一吐先前累積的鬱悶，站在前面的男人忽然回頭，她才趕緊閉上嘴離開。
說得也是呢，月島想著。應該是不適合吧，如果那點程度的事情都無法忍耐，就算是來找我商量，我大概也不會出言阻止真行寺。結果她離職啦，這樣也算是為她好吧。畢竟是個美女，趕快找個男人嫁掉就是了。木村佑太郎如果知道真行寺辭職的話會在意嗎？要是我得顧慮他的心情還真是麻煩。明明本來只要思考小說的事情就好，因為幼稚的女人害我工作又變多了。
最後月島責備起真行寺，雖然心裡也混著略帶後悔沒有聽她要商量什麼，不過月島很快就把真行寺的事情掃出腦海。實際上他的腦袋裡已經塞滿了小說的事情。木村佑太郎表示月島提出的主題他有興趣，前些日子那通電話就是約好下星期要過去討論。要從哪裡說起呢？該怎麼說呢？只要一直說下去，我也會和木村一樣興奮。
臺上評選委員作家的講評結束，接下來是獲得新人獎的真砂夕里站到麥克風前。月島的意識轉向她，還是個大學生——二十歲，真的是個孩子。圓滾滾的臉頰、長度落在肩上的直髮，穿著有如小孩在鋼琴發表會上穿的那種後面有個蝴蝶結的深藍色洋裝。雖然沒有真行寺或麻子那麼漂亮，不過這女孩會寫小說，有才能。

月島當然已經讀過獲獎作品，讀了好幾次，而且將要成為她的編輯。要和她說些什麼？要先怎麼告訴她自己對於獲獎作品的感想？她會用什麼表情聆聽我說話？

一邊聽著真砂夕里有些笨拙的「獲獎感言」，月島開始思考起這些事情。

第五章　現在

柴田咲步

雖然已是九月，但外頭還是夏日陽光，咲步走在有陰影的人行道上。上個月到職的動物醫院步行五分鐘就有間超市，而且那間超市裡有熟食區，所以對於午餐時間來說是相當寶貴的地方。

對面走來一個帶著狗的人，那是柴犬，或者是有相近血緣的混種。總覺得有些奇妙，走近了才發現狗狗的後腳裝著類似輪子的東西，而且帶著狗的是愛心動物醫院的獸醫師深田醫生。

「醫生！」

咲步揮揮手，深田醫生愣了一愣，接著也揮揮手，兩人一起站到了人行道邊。

「真是嚇了我一跳，制服還真的會改變一個人的印象呢。所以妳已經回來工作囉？」

「是的，真是抱歉……雖然我本來也想回愛心那邊，但因為是我自己辭掉的，實在不好開口請你們再雇用我。」

「沒關係、沒關係，妳回來了就好。」

辭去愛心動物醫院工作的時候，沒有跟任何人說明理由，也幾乎沒跟任何人告知一聲就走了。想來大家一定議論紛紛，不過深田醫師並沒有多提。只問了咲步現在是在哪間醫院工作，聽她說出醫院的名字以後，他說了句哎呀那裡是間好醫院呢。

「醫生您今天休假嗎？」

深田醫師沒有穿白袍，而是條紋襯衫和牛仔褲，看起來就像個大學生。

「是上班時間啦，這孩子越來越能走了，順勢就來到這麼遠的地方。」

「那個輔助工具是手工製作的嗎？」

「是我做的！還不錯吧？這孩子因為惡性腫瘤所以切掉腳，飼主本來想讓牠安樂死，但我勸他們做了這個。」

「太好了……」

「你還能活很久對吧？對吧！」

深田醫師對著身旁乖乖等候的狗狗說著，又對咲步說再見囉，有空也可以聯絡我啊，然後離開了。狗狗雖然步伐不穩，卻還是以拉著深田醫師的氣勢跑了起來。咲步看著牠離去的背影好一會兒。

現在工作地點的獸醫師只有一位，護理師則是咲步和一位男性。下午的診療時間那位男性護理師進入診間協助，咲步則留在櫃檯。這裡沒有愛心動物醫院裡那種高級設施，也不會有外地患者特意前來，但對此地寵物來說是相當重要的診所。下午三點半，候診室的椅子上坐著貓咪、博美狗和牠們的飼主。貓咪的飼主中年女性將外出包放在腿上，然後豎著手機在看。博美狗的飼主則將狗狗抱在一邊，用另一手拿著週刊雜誌。咲步瞥見了雜誌封面上寫著「性騷擾」。

一瞬間心跳漏了一拍。先前也曾經這樣——在愛心動物醫院的時候，也是自己在櫃檯，候診室中正在等候的飼主拿的不是週刊雜誌而是體育報，上面有月島的照片和名字。就是因為那件事情，那原先塵封的記憶再次被喚起，由於實在無法忍耐而告發了月島。

而如今正在把臉湊向博美犬的中年男子，手上翻閱的週刊雜誌封面上寫的是「你是否安全？性騷擾100案例集」，並沒有什麼「月島光一」、「文化中心」、「小說講座」之類的字眼。或許在正文裡面會稍微提到一下，但肯定不是主要內容。月島的性騷擾問題在社會上已經結束了，在小荒間洋子告發他之後，據咲步所知就沒有針對月島的告發了，反而是不斷冒出其他人的性騷擾嫌疑和告發。如今甚至連那些的力道都變得有些微弱。咲步感受到那些因為新聞或他人討論而關心起性騷擾問題的人，似乎差不多覺得膩了。先前週刊雜誌的報紙廣告上，還出現「那是性騷擾？逆向騷擾？」這種標題。雖然沒有確認內容，不過推測「逆向騷擾」指的是刻意去點出「那是性騷擾」之類的事情吧。或許也有人覺得一直說什麼性騷擾實在很煩。

博美狗的飼主猛然抬起頭來，咲步連忙別過眼睛。男性闔上週刊雜誌、抱著狗站了起來，將雜誌放回櫃檯旁的雜誌架後又拿了另一本雜誌回到沙發上。沒問題，咲步對自己說。那個人根本不在意我是誰，他並不知道我遇到性騷擾，而且還告發了那個人。如今偶爾還是得要這樣努力說服自己。

聽說月島已經辭去文化中心的講師工作，而且文學獎評選委員的工作也丟了，在某個短期大學的講師工作好像也沒了。辭掉文化中心講師這件事情，是咲步回家沒多久以後聽俊說的，他好像是看網路新聞知道這件事情。某天早餐的餐桌上，俊隨口說著他好像不當講師囉。因為語氣實在太過隨興，咲步明白他肯定評估了很久才決定說出口的時機。咲步說，這樣啊。雖然慢慢地能夠開口和丈夫談關於月島的事情，但並不總是非常順利，那時候也覺得想再說些什麼卻又擠不出話語。

我也覺得他應該辭掉，俊是這麼說的。我是覺得如果他想謝罪，至少也應該要辭掉講師工作表示一下態度吧。你這樣覺得嗎？聽咲步這麼問，俊直直看著咲步說，當然啊，畢竟他做了那些事情。謝謝，咲步回答。這不是什麼要跟我道謝的事情啊，俊回答，為了避免口氣過強傷到咲步，他還加上了微笑。

文學獎評選委員和短期大學老師的事情不是俊告知的，而是有人打電話來說。雖然不知道對方是誰，但應該是先前也打過電話來的人，某個在文化中心上月島小說講座課程的人。那位女性沒有報上姓名，電話一接起來就狂罵。簡單來說內容就是「月島老師被迫辭掉文學獎的評選委員了，本來應該要去短期大學當老師現在也沒了，都是妳害的！妳是在想什麼啊？害別人那麼慘妳很高興嗎？」，咲步沒有像上次那樣中途掛掉電話，一直聽對方說完。原先下定決心這次要開口反駁，但最後還是不發一語掛了電話。

不過也有其他電話打來。那是一位男性，他有好好報上姓名——雖然已經忘了他叫什麼，也是小說講座的人。他說自己也是那樣，因為受到月島老師的指導，所以相當尊敬他。但我還是停掉了講座課程，那男性說。我在月島老師辭職前就退課了，學生當中也有些人說相信月島老師，但我沒辦法。就算聽了老師解釋，我也覺得無法接受。我現在非常輕視他，也覺得自己不好。我在上課的時候，老師也有看上一位女性——不，應該是說我想著只不過是老師看上她罷了，明明知道她的情況應該不是很好。在酒席上她總是被迫坐在老師旁邊，也知道她好像單獨被老師叫出門，卻又沒有為她做些什麼。我有在反省。

真是令人一陣發寒，看來小說講座某個群組裡面的人都知道咲步的電話號碼。那個男性好像也是從群組裡面知道電話的。想來肯定會有很多人說三道四吧，不過我希望妳知道也有人非常感謝妳，所以才打這通電話給妳。男性是這麼說的。謝謝你，咲步說。那時候也幾乎只能對男性回答出這麼一句話。怎麼向我道謝呢。那人是這麼說的。想來電話那頭應該是和俊一樣的微笑臉龐吧，咲步想著。

晚餐一如往常是俊準備的。

到現在這間醫院工作以後，就能比以前還早回家，所以俊會等自己，今晚也是兩個人一起用餐。放了許多蔬菜的豬肉涼拌壽喜燒、湯料是豆腐和蛤蜊的韓國風湯品，俊最近還買了食譜書，廚藝越來越高明，看來會超越咲步。

兩個人餐後收拾好東西，俊問：「要去嗎？」咲步回答：「好啊。」如今每天晚餐後都會到附近散步。剛開始是咲步從老家回來後沒多久，喃喃說著「有點想去走走呢」，所以俊陪著她，後來便養成了習慣。

在手臂和脖子噴上大量防蚊液，穿著拖鞋出門。畢竟沒有要跑步，只是隨興散步，所以是穿拖鞋而非球鞋，不過實際上每天晚上都一回神才發現走了挺遠的。

和白天相比，夜風還是帶些涼意，選擇與昨晚相反的方向走在河岸邊的道路上。走的時候要往哪裡、在哪裡轉彎，完全看那天當下的心情去決定。感覺這個時候交談的言語比吃飯的時候還要多，或許是因為都是些自然聊起來的話。說沿岸房屋躍出圍欄的花朵名字、說路燈照射不到的河岸邊有戴著頭燈牽狗散步的人，也說了遇到深田醫師的事情。

「真是太好了。」

俊這麼說。那是指斷腳的狗能走路，還是指咲步偶然遇見深田醫師，又或者是深田醫師沒有追問任何事情單純為咲步回去當護理師感到開心的事情？因為無法確定，所以咲步思索了一會兒該怎麼回答。

「……很好吧？」

俊體貼地再次說著。

「嗯，很好。」

咲步微笑著，內心想的是，無論俊指的是哪件事情，的確都「很好」。

今天晚上過了橋，經過幾間住宅後是一整片田地與雜木林，兩人往那中間的棧道走去。

這一帶是自然保護區域，雜木林與田地交界之地是水道，六月底的時候會有螢火蟲飛舞。因為知道這件事情而曾來看過，這裡還有螢火蟲嗎？今年還會在此飛舞嗎？咲步想著。

「螢火蟲……」

在水道旁走著，兩人幾乎同時脫口而出，於是相視而笑。

「我們是幾年前來看的啊？」

咲步說著。

「搬過來的那年，應該是三年前吧。」

俊回答。

「三年前啊。」

有可能在這三年內，螢火蟲就都沒了嗎？應該不至於吧，咲步想著，是我們自己忘了，但螢火蟲今年夏天應該也有在這裡飛舞才是。

我們受了傷。

咲步突然理解了這件事情。

會這樣想，是因為同時感受到那個傷口慢慢地修復，但是還沒有完全癒合。我們受了傷。不只是我，「那件事情」也傷了俊。而我們現在每天晚上慢慢走路、慢慢談話，一邊尋找著能聊些什麼，一邊確認今天又比昨天能說得多些、慢慢可以說更多事情，然後緩緩治療那個傷口。

兩人踏上與來時不同的道路，往回家方向走去。啊對了，俊忽然開口。

「妳星期天要去座談會吧？」

「嗯。」

小荒間洋子出了新書，為了宣傳而在神樂坂的綜合大樓舉辦座談會。

「我可以一起去嗎？」

「咦？可以啊，當然。」

咲步有些驚訝。俊當然知道小荒間洋子是誰——知道她是小說家、是月島性騷擾被害者之一，也知道咲步去見過她了。告訴俊說自己要去見小荒間洋子的時候，他也貼心地說：「我要不要一起去呢？」——但那時覺得自己去比較好，所以回答他沒關係不用。

不過明明座談會是在公開場合舉辦、而且說話者和觀眾距離並不遠，丈夫居然也打算一起去，這倒讓人有點意外。

「不過這樣得先讀過作品呢。」

咲步半開玩笑地說著。

「啊，對喔。」

俊慌張的樣子還挺有趣的。

小荒間洋子位於青山大樓的工作室是個三角形。

當然房間也是三角形，被帶進屋子的咲步忍不住四下張望，小荒間洋子笑著說：

「這房間很裝模作樣吧？」她說這是朋友的設計，還聊了她怎麼會買這間房子的事情。與其說是找藉口解釋這個不像工作場所的房間是怎麼回事，更像是要排除咲步的緊張感吧。

有個巨大的古木桌子在房間的幾乎正中央處，小荒間請她坐在那一旁的椅子也是古木。她問咲步喝咖啡還是印度奶茶好？咲步回答印度奶茶。那時四月，天氣還有些涼意，啜飲著帶有辛香料的溫熱飲料，感覺心情穩定了些。

「謝謝妳願意過來。」

小荒間洋子穿著略帶厚度的長袍搭配牛仔褲，坐在咲步的對面一樣啜飲著印度奶茶開口說道。

「怎麼向我道謝……」

沒錯，這時候的咲步就和俊還有打電話給自己的男性一樣，略為狐疑地如此回答。

「要從哪裡開始說起呢。」

小荒間洋子說道。明明對方的意思肯定是說我們先談那件事情吧，咲步卻突然就開口說：「我跟那個人睡過三次。」並非事先想好要這樣開口，但那就像水自然從身體流出般挪動了嘴唇。小荒間洋子點點頭，像是鼓勵似地看著咲步。

「從一開始我被帶到飯店房間，到那個人逼近我為止，我都不明白發生了什麼事情。雖然覺得好像有點奇怪呢，但根本沒想過會發生那種事情。我沒辦法確實回想起來，或許是我根本不願意想起來，但與其說是我覺得月島老師不可能做那種事情，更像是想要相信那種事情不會發生在我身上。

但確實是發生了，從那瞬間起我就變了。不再是原先的我，變成另一種別的生物、別的物體。我知道有人罵我，說我第二次和第三次也都是憑著自己的意志跟著他去了房間，但那不是我的意志，因為我根本就不是我啊。但就算我這麼說，我想也沒有人可以理解。

第二次去飯店房間的時候，我也想著不會發生先前那種事情、不可能會發生的。但現在想想，或許我也明白很有可能會發生。發生也沒關係的、不是什麼了不起的事情，我的內心大概是這樣想。做愛不是什麼了不起的事情，畢竟有那麼多人都在做啊，根本沒什麼的，沒事、沒事、沒事，有人這樣對我說。那不是我自己而是其他人、某種東西，因為不這樣想的話，我就會尖叫。那個不是我自己的某個人，不想讓我尖叫、不想讓我用力拔自己的頭髮、不想讓我打自己或抓掉自己的皮、不想讓我把自己弄得亂七八糟。

第三次也是這樣，那時候我非常明確想著，這不是做愛。因為這跟我知道的那種、一般人知道的做愛並不一樣。睡第二次的時候，那個人告訴我，這就像是一種對話。教導小說有一定的極限，但是我們想要突破那個極限對吧？他這樣徵求我的同意。而我就回答了，是的。第三次的時候，我想起了那件事情。咲步是寫小說的女人對吧，沒錯吧？那是第幾次的時候呢……那個人也這樣說過。是的。我也是這樣回答，那也是表示同意性交，我明白那個人是做此打算才問這個問題。我是寫小說的女人，所以這種事情根本沒什麼。我是寫小說的女人，月島老師認同這件事情，所以我們現在才會這麼做。我和那個人性交的時候就這麼想。」

小荒間洋子默默聽著。偶爾出聲表示有在聽，但沒有回問任何問題。咲步說得斷斷續續，所以在停頓好一會兒以後，她才開口詢問。

「第三次以後他就沒有再繼續要求了嗎？」

「是我沒辦法再去小說講座了。只要我打算去上課，就會猛烈頭痛想吐。那個人打了好幾次電話給我，但我根本沒辦法接電話。我……」

先前一直都沒哭，就在這時眼淚卻掉了下來。

「我不再寫小說了。」

小荒間洋子點點頭。她的背後有扇很大的窗戶，外頭伸過來一枝開滿花朵的櫻花樹枝。「我懂。」小荒間洋子說。

「我啊，拚了命想認定那是戀愛。教導他人小說，就表示就得要和對方談某種戀愛才行。月島在跟我睡過以後，在課堂上是這麼說的。有時候也可能是做愛之類的東西，尋找沒有任何人碰觸過的部分，然後去碰觸。寫小說就是這樣，他這麼說。雖然是對所有學生講話的形式，但我想他是在暗示我。而我也的確受到了暗示。

之後我還去了小說講座的課程好一段時間，那時候我的心理狀態，大概就跟妳後來又去了飯店是一樣的。因為我想著，如果我不去上課，那件事情就不是戀愛了。更清楚點說，那就是我被強暴了。明明本來就是強暴。

我開始埋頭寫小說，也接受了月島的建言，但我非常努力避免兩人獨處。月島大概也發現繼續強迫我太過危險，所以就不曾繼續向我索求肉體關係。

我被月島強暴的那個採訪旅行——以那次採訪獲得的資料寫成的小說，拿到了文藝雜誌的新人獎，是我的出道作品。月島知道的時候實在高興得無以復加，我想他的喜悅大部分是真心的。自己的學生所寫的小說受到世間認定，他是真的很高興——就算他的喜悅並不是為了我們，而是屬於他的自我實現。他在感到高興的同時，也把這種事情拿來為他對我們所做的事情賦予正當性。而我也因此想著那是正當的，認為的確是有必要發生的事情。

我用寫小說欺騙自己。實際上真的就是獲獎以後越來越忙，只要寫得越多、受到越多好評，我就可以模糊心中被強暴的記憶。我成為職業小說家以後，也曾經跟月島對談，很稀鬆平常地和他說話，還能插科打諢有說有笑。那時候我還想著，我在笑呢。但一回到家我就無法忍受了，要不是飲酒過量，不然就是根本睡不著覺必須要吃安眠藥。我和妳一樣，為了避免尖叫、拔自己的頭髮或揍自己，只好喝酒、只能吃安眠藥。

我想向妳道謝。要真正去認定發生了什麼事情，真的很痛苦吧。我也是，在那件事情之後就一直扭曲著心靈生活。因為妳告發了他，所以我終於可以認定那件事情——我被那個男人強暴了。

才不是什麼戀愛，我明明就那麼不情願。明明每次想起那個男人碰到我的觸感，我就想從這個世界上消失。怎麼可能是什麼戀愛。才不是為了寫小說而需要做那種事情。不管是為了寫小說、還是為了任何事情，都不能夠做為讓我那麼痛苦的正當理由。」

「不能把寫小說做為讓我那麼痛苦的正當理由……」

咲步重複著這句話。點點頭，然後繼續說下去，就像是要填補方才所說之事的話語間空隙。小荒間洋子也繼續說下去，感覺對方的話語也填補了自己話語間的空隙。

星期天從距離座談會最近的地下鐵車站走上地面，天空已經是紫色與淺藍混合在一起的黃昏色調。

咲步和俊走進會場所在大樓的時候，距離活動開始還有段時間，但也不足以去咖啡廳消磨，所以兩人走向書店，沒想到小荒間洋子正好從店裡走出來。哎呀！您好。打過招呼後，咲步把俊介紹給她。

「兩位一起來啊，真讓人高興！」

小荒間洋子抱了抱咲步，又和俊握過手以後，就先去了後臺。

「嚇我一跳，沒想到在活動開始前就遇到了。」

咲步對愣住的俊說著。

「能握手真是太好了。」

俊有些靦腆地說。

會場是與書店相連的活動空間，擺放在那裡的椅子坐滿了人。由於必須事前預約，光是要取得俊的位置就很勉強了。另外可能還有編輯之類的，有不少人站在房間的牆邊。

負責當主持人的書評家先上臺，在她的介紹下小荒間洋子也跟著現身。她今天穿著裙襬有異國風情刺繡的藍色長洋裝，戴著有如她標記的大圓眼鏡。兩個人對坐在相當舒適的椅子上，各自拿起麥克風開始座談。

小荒間洋子最新的長篇作品主角是一位四十多歲的女性——是位小說家、掛著大圓眼鏡，讀起來感覺就是小荒間自己。內容是小姑託給她帶的孩子失蹤然後到找到的七天內發生之事，交織著現實與幻想。主角結婚之後沒多久，丈夫就發生意外身亡，這點也和小荒間洋子公開的過去相同。這麼說來，故事中的主角在丈夫死去後雖然懷有身孕，卻沒告知任何人就墮胎的事情，也是嗎？在座談會的尾聲，主持人委婉詢問這件事情。

「——這個女性小說家如果就是我，這篇小說當中有多少是事實呢？我想，在意這件事情的不是讀者而是我自己。」

小荒間洋子說道。

「寫了多少事實？寫了事實的哪個部分，又或者那真的就是事實嗎？事實又是什麼呢？事實和真實有何不同？我一邊這樣想，然後寫了這篇小說。

——這回答很奸詐對吧。呵呵。墮胎的事情一直在我心裡。那孩子一直沉睡在我之中——不，那孩子一直醒著，偶爾還會哭泣，但我故意讓房間一片黑暗、不去看他。甚至還把耳朵塞起來不去聽。一直到我寫了這篇小說為止。寫下這篇小說，我才終於能夠碰觸那個孩子。

寫小說這件事情，就是窺視自己的內心，窺視之後進入。就算不是私小說，而是科幻、奇幻甚至是時代小說都一樣，只要是寫小說，我認為就必須要進行這個工作。這次我感受到自己抵達先前沒去過——我無法前往的深處。

若問我為什麼能做到這點，我想是因為我一路寫過來。書寫下來，就能前往先前無法抵達的地方。用書寫往下沉潛、又或者是去打開那扇門，或許也可以說是剝下一層皮、抑或赤身裸體。我自己是這麼做的，雖然很辛苦也很痛，但這份疼痛能夠痊癒。這個時候剝下來的皮，會因為發現、理解自己而能再生——變成比以前更加平滑、更漂亮的一層皮。」

小荒間洋子暫停了一會兒。她在說話的時候雖然沒有換過姿勢，但咲步發現她的視線忽然有種捕捉自己的感覺。

「今天是要幫新作品宣傳，所以我本來想說這些就好。不過我臨時改變了主意，我和主辦單位以及主持人小山內小姐商量過，也獲得了他們的允許。所以會縮短十分鐘發問時間，談一下個人的事情，就是先前造成大家討論的性騷擾的事情。」

咲步倒抽了一口氣，完全沒想到小荒間洋子會在這種場合提那件事。我是被害者，小荒間洋子說道。咲步感覺她的聲音變得有些僵硬、有些沉重，但是相當有力而堅強。小荒間洋子沒有提出月島的名字，只說她認為是小說恩師的那名男性強求她發生不情願的性行為，如今過了十幾年，有人透過雜誌告發他。咲步的心跳加快，偷看了一眼後，他像是敦促小荒間洋子繼續說下去般盯著她。

「他所做的事情，是剝了我的皮。我最近開始這樣想，他也曾經用類似的話語，賦予自己的行為正當性。他說為了讓我寫小說、為了讓我寫出更好的小說，所以要跟我做愛。我就這樣活生生被他剝了一層皮。但那和我為了窺視自己的內心而剝下自己的皮並不一樣，完全不一樣。

如果我愛他、想跟他發生關係的話，或許那個行為就會有他口中的那個意義。但我並不愛他、也不想跟他發生關係，這和他為了什麼目的做這件事情沒有關係，他做的事情就是一種掠奪、是暴力。他剝了我的皮，硬生生的。那層皮到現在都沒有長回來，被剝了皮的身體和心靈現在仍然繼續流血，一直刺痛著。無論怎麼處理、在上面包了什麼東西，底下還是一直在流血，現在也是。

我想要相信有一天上面會覆蓋一層新的皮膚，但那是什麼時候呢？真的會有那個時候嗎？或許我得要一輩子忍受被他活生生剝皮的痛苦。那個強迫我性交的男人，說想要對我謝罪、希望我給他一個再次見面的機會。聽說他也是這麼對另一位被害者女性說的。但我沒有接受。因為我覺得如果有一天能夠接受他的謝罪，那個時間是我們決定的而不是他。」

小荒間洋子放下麥克風，俊的手輕輕碰了碰咲步的手，兩人的手在椅子之間緊緊相握。就算那慢了幾拍響起的掌聲音量越來越大，兩人也沒有放手。

那天晚上咲步和俊一起入浴。

要不要一起泡澡？是咲步開的口。俊一開始似乎有點膽戰心驚。

兩個人泡在浴缸裡相擁、親吻，從來不知道原來熱水是如此溫暖又柔軟，兩人互吻了好幾次，身體交纏在一起。一邊笑著好像太心急了、邊擦拭著彼此的身體，進入臥房上了床鋪，再次擁抱對方。

這是咲步從老家回來後，兩人第一次做愛。俊一直等著咲步自己開口，咲步則因為害怕而說不出口。一直想著要是不順利的話怎麼辦？但根本沒問題，那是個美好的夜晚。回想起以前覺得俊就像是溫柔的毛毯，咲步想著，這是因為俊愛我、我也愛他。現在也是，一直都是。咲步感受著俊撫摸自己、同時感受自己撫摸著俊，感受到現在俊是幸福的、也因此感到幸福。真希望我也是俊的毛毯。

兩人就這樣睡著，咲步驀地醒來時，窗外已天色發白。輕輕鑽出床鋪，下樓到廚房喝水。正想回房時又停下腳步，打開了餐具櫃的抽屜。

那裡疊收了許多新婚時收集而來但幾乎都沒有用過的餐墊，咲步從最下面抽出了紅色筆記本。以前總想著丟掉就好了，卻又藏在這裡——俊不會發現、自己也不會看到的地方。曾經寫有許多印象深刻之事、感覺能成為小說的日常生活片段的紅色筆記本。

咲步坐在餐具櫃前翻開筆記本，看著白色頁面格線上自己的文字，彷彿看到久遠以前走失貓咪的照片那樣心痛。但那種疼痛馬上在心跳中融化。

咲步站起身來，要是俊醒來發現我不在旁邊的話，一定會很擔心。回床上讀這筆記本吧，要是還不想睡，就把剛才夢到的東西寫下來好了。夢裡面有裝上輪子的狗狗，還有死掉的貓咪摩爾活力十足跑來跑去。想要把今天晚上夢到這些東西的事情寫下來。然後想讓丈夫看見自己寫東西的樣子，咲步想。

國家圖書館出版品預行編目資料

剝皮 / 井上荒野 著；黃詩婷 譯.--初版.--臺北市：皇冠. 2024.1
面；公分.--（皇冠叢書；第5133種）
（大賞；155）
譯自：生皮 あるセクシャルハラスメントの光景

ISBN 978-957-33-4098-0(平裝)

861.57　　112020836

皇冠叢書第5133種
大賞155

剝皮

生皮 あるセクシャルハラスメントの光景

作　　者—井上荒野
譯　　者—黃詩婷
發 行 人—平　雲
出版發行—皇冠文化出版有限公司
台北市敦化北路120巷50號
電話◎02-27168888
郵撥帳號◎15261516號
皇冠出版社(香港)有限公司
香港銅鑼灣道180號百樂商業中心
19字樓1903室
電話◎2529-1778　傳真◎2527-0904
總 編 輯—許婷婷
責任編輯—黃雅群
美術設計—嚴昱琳
行銷企劃—蕭采芹
著作完成日期—2022年
初版一刷日期—2024年1月
初版二刷日期—2024年3月
法律顧問—王惠光律師

讀者服務傳真專線◎02-27150507
電腦編號◎506155
ISBN◎978-957-33-4098-0
Printed in Taiwan
本書定價◎新台幣380元/港幣127元